I0657385

LES SOIRÉES

DE FAMILLE.

II.

LES SOIRÉES

DE FAMILLE,

CONTES, NOUVELLES, TRAITS
HISTORIQUES ET ANECDOTES;

RECUEIL PHILOSOPHIQUE, MORAL ET
DIVERTISSANT.

TOME SECOND.

A PARIS,

CHEZ BECHET, LIBRAIRE,

rue des Grands-Augustins, N.º 11.

1817.

LES SOIRÉES

DE FAMILLE,

CONTES, NOUVELLES ET ANECDOTES.

LE BON FILS,

Nouvelle traduite d'Aïkin.

Monsieur Hursting était un négociant considéré dans une petite ville de province. Il se maria jeune et eut une nombreuse famille sur laquelle son caractère violent et absolu lui faisait exercer l'autorité paternelle, en se livrant à sa dureté et à ses caprices. Sa femme, le modèle de la douceur et des grâces qui caractérisent son sexe, s'étudiait continuellement à entretenir son mari dans des sentimens de bienveillance envers elle et ses enfans; mais les moyens tendres et conciliatoires qu'elle employait pour y parvenir, ne réussissaient que trop rarement. L'esprit de Charles, leur fils aîné, était un de ceux qui, faciles à diriger par la douceur et la prudence, se révoltent toujours contre l'empire d'une autorité rigoureuse et emportée; il était donc impossible qu'il pût éviter de fréquentes et fâcheuses disputes avec son père, à l'inflexible sévérité duquel il opposait une résistance farouche et obstinée. Avec les années, ces malheureux différens prirent tant de force, que lorsque le jeune homme eut atteint l'âge de quinze ans, son père, à la suite d'une querelle violente dans laquelle il n'avait pu le forcer à l'obéissance, le chassa de sa maison, en lui signifiant qu'il n'eût jamais à se présenter devant lui.

Ce jeune homme avait trop de fierté pour qu'il fût nécessaire de lui réitérer une pareille défense. Il partit immédiatement à pied pour Londres, dans l'état où il se trouvait, c'est-à-dire dépourvu de toutes ressources. Arrivé dans cette ville, après beaucoup de désagrémens et de fatigues, il rencontra le capitaine d'un vaisseau de la compagnie des Indes, avec lequel son père avait eu quelques relations ; et, à force de prières, il obtint de lui la permission de l'accompagner dans un voyage qu'il allait commencer sous peu de jours.

Quelque irrité que fût monsieur Hursting, il ne put s'empêcher de sentir beaucoup de regrets en voyant son fils obéir si exactement à un ordre que la passion lui avait dicté. Pour la

mère, à qui le jeune homme avait
toujours montré la plus tendre affection et le plus grand respect, elle en
fut long-temps inconsolable. Le résultat de toutes leurs recherches, fut d'apprendre que leur fils était parti sur
mer, mais sans pouvoir découvrir
pour quel pays ni en quelle qualité.
A ce sujet de peine se joignit bientôt la diminution de leur fortune, occa-
sionée par des pertes réitérées dans
le commerce. Après avoir lutté vainement contre leur sort pendant quelques années, ils furent obligés de se
retirer à un village voisin, dans une
petite maison, où, consumés de douleur, ayant perdu la santé et le courage, ils élevaient leur famille dans
l'indigence et l'obscurité.

Monsieur Hursting retira cependant un avantage de ses malheurs. Son
caractère s'adoucit insensiblement, et

ses passions se calmèrent. Il s'effor-
ça d'alléger, par sa tendresse, les souf-
frances de ses compagnons d'infortune, et ne cessa de donner les marques
les plus vives d'estime et de considération à sa femme dont il appréciait
tous les jours davantage les aimables
qualités.

Pendant ce temps, Charles éprouvait les vicissitudes de la fortune. Son
premier voyage ne fut point heureux.
Le capitaine, dont il avait obtenu les
bonnes grâces par son assiduité, mourut dans la traversée, et l'on débar-
qua le jeune homme à Madras, dépourvu d'amis et de protecteurs.

Il était sur le point de périr de mi-
sère, lorsqu'un riche manufacturier
du comptoir eut pitié de lui, et l'em-
mena dans sa maison. Après avoir
éprouvé quelque temps son intelligence et sa fidélité dans un des plus

bas emplois, son protecteur le plaça
dans ses bureaux, et l'initia dans les affaires commerciales de l'établissement.
Pendant une courte épreuve dans
cette place, le jeune homme montra
tant de capacité, qu'on le jugea capable de remplir un emploi assez important, à quelque distance dans la
contrée. Là, il conduisit avec tant
d'adresse quelques affaires intéres-
santes et difficiles, et agit, dans des
circonstances délicates, avec tant de
justice et de présence d'esprit, qu'il
obtint la confiance de tout le comptoir. Il fut bientôt élevé à un emploi
honorable et lucratif, et commença à
s'enrichir avec la promptitude particulière à ce pays. Le ressentiment qui
l'animait en quittant sa famille, et les
malheurs qu'il éprouva depuis, étouf-
fèrent long-temps, dans son âme,
tout mouvement d'amour filial. Il ne

se rappelait la maison paternelle que comme le théâtre d'un châtiment sévère et non mérité, et résolut de n'y retourner que lorsqu'on aurait pleinement reconnu l'injustice de son expulsion.

Cependant, à mesure qu'une perspective plus riante s'ouvrait pour lui, son cœur commençait à s'adoucir. Il s'attendrissait en se rappelant la constante amitié de sa mère, et les caresses de ses frères et de ses sœurs dans leurs jeux. Il excusait même la sévérité de son père, et condamnait sa propre obstination, comme étant au moins aussi blâmable. Ces réflexions l'agitèrent tellement, que les brillantes espérances qu'il avait alors, ne purent l'engager à différer une entrevue qu'il désirait si ardemment. Il réalisa toute sa fortune, et partit pour l'Angleterre, où il arriva après une

absence de neuf ans. En débarquant,
il rencontra un de ses compatriotes
qui lui apprit le triste changement
survenu dans la situation de son père;
et, le cœur agité par les plus tendres
sentimens, il partit aussitôt pour le
lieu qu'habitait sa famille.

Le jour baissait, et les malheureux
époux, plongés dans l'abattement,
étaient assis près de leur sombre foyer.
Une lettre, que monsieur Hursting
avait reçue le jour même, du propriétaire de sa petite habitation, dont les
loyers étaient un peu arriérés, avait
augmenté l'affliction et le décourage-
ment de toute la famille. «Qu'allons-
nous devenir? s'écrie le malheureux
père, en tenant la lettre dans ses mains.
Il menace de nous chasser d'ici.
Homme insensible! Mais puis-je attendre d'un étranger plus de compas-
sion que je n'en ai montré à mon pro-

pre fils ? » Cette réflexion était trop pénible pour que madame Hursting pût
la soutenir. Elle joignit les mains, sou-
pira et se mit à pleurer amèrement.
Sa situation présente ne l'occupait pas
alors; elle ne sentait que la douleur
d'avoir perdu son fils depuis si long-
temps.

Leur fille aînée, belle sous de simples et pauvres vêtemens, s'élança
vers sa mère; et, pleurant avec elle,
serra ses mains dans l'une des siennes,
et de l'autre, lui soutint la tête. Le
père poussa un profond soupir, et
deux jeunes gens, les aînés des fils qui
lui restaient jetèrent sur cette scène
des regards pleins de mélancolie.

Quelques-uns des plus jeunes enfans, encore insensibles au chagrin,
étaient assis sur le seuil de la porte.
Ils vinrent, en courant, dire qu'une
voiture était arrêtée devant la maison,

et qu'un beau monsieur en descendait.
Le jeune Hursting entra un moment
après; et, à la vue du tableau qui s'offrait à lui, il ne put que se traîner sur
une chaise où il s'évanouit. La famille
s'empressa autour de lui; et sa mère,
le considérant attentivement, s'écria:
« Mon fils! mon fils! » et tomba sans
connaissance à ses côtés. Le père de-
meura quelque temps les mains jointes
et plongé dans un abattement stupide.
Puis, se jetant à genoux, il s'écria:
« Ciel, je te remercie! » Ensuite il s'é-
lança vers son fils, le prit dans ses
bras, et ses tendres embrassemens le
rendirent à la vie.

Le jeune homme n'eut pas plutôt
repris ses sens, qu'il se jeta aux pieds
de son père et lui demanda son pardon. « Ton pardon, Charles ? lui dit
monsieur Hursting; c'est moi, mon
enfant, qui dois te supplier de me par-

donner l'injure cruelle que je t'ai faite; »
En disant ces mots, il le releva, le serra contre son sein, et le fils sentit son
visage inondé des larmes paternelles.

Pendant ce temps, la mère restait
privée de sentiment dans les bras de
sa fille; le reste de la famille, dans le
trouble et l'effroi, ne savait que penser de cette scène, et les petits enfans
se mirent à pousser des cris, en
voyant leur mère qui semblait avoir
cessé d'exister. Elle fut long-temps
sans donner aucun signe de vie, malgré les soins que son fils et son mari
lui prodiguaient; et, lorsque ses yeux
s'ouvrirent sur l'objet qu'ils avaient
tant cherché, elle éprouva de nouveau une émotion très-forte, et de
violentes convulsions succédèrent à
son évanouissement. On la porta dans
son lit où elle reprit, par degrés, assez
de tranquillité pour considérer et em-

brasser son fils. Tous les autres enfans vinrent, à leur tour, partager les
embrassemens de leur frère ; et la fille
aînée , qui reconnut aisément le compagnon de son enfance, lui donna des
marques de la plus touchante sensibilité.

Après les premières caresses et les
premières questions, Charles raconta,
en peu de mots, à ses parens, les
différentes aventures qui lui étaient
arrivées. Il adoucit cependant ce
qu'elles pouvaient avoir d'affligeant,
ne voulant pas renouveler des sensations déjà trop pénibles. Il finit en leur
annonçant que toute sa fortune leur
appartenait ; que tout était à leur dis-
position, et qu'il ne se regardait que
comme un simple héritier avec les
autres enfans. La générosité de cette
proposition et la piété filiale qui l'avait
dictée excitèrent l'admiration la plus

vive et renouvelèrent dans l'âme du
père les regrets du traitement qu'il
avait fait éprouver à un tel fils. Il ne
voulut point accepter l'offre dans
toute son étendue ; mais, empruntant
une partie considérable de la fortune
de son fils, il s'associa avec lui dans
des affaires commerciales qui le mirent
à même de faire un sort avantageux à
ses autres enfans, et de passer le reste
de ses jours dans l'aisance et le bonheur.

L'ÉPREUVE.

Je connais un anachorète, qui, confiné dans le fond du Marais, non par la règle de saint Bruno ou celle de saint Antoine, mais par une goutte invétérée, ne sait pas même ce qui se passe à la Place-Royale, le dimanche au sortir de vêpres. S'il n'avait pas autour de lui trois jolies nièces, depuis longtemps sa langue et ses oreilles seraient devenues pour lui des organes complétement superflus. Mais comme les jeunes personnes n'ont pas la goutte, il faut les consoler de garder assez souvent la chambre malgré elles. Or, c'est ce que le pauvre reclus cherche à faire, en leur racontant de vieilles guerres,

qui ne les intéressent pas toujours, et
de galantes aventures qui ne les en-
nuient jamais. Quelquefois le bon oncle se reporte au temps où les belles,
reunies en *cour d'amour*, rendaient,
sur les questions les plus délicates, des
arrêts plus respectés des jeunes che-
valiers que ceux de la cour du Parlement. C'est ainsi que, pour exercer
la judiciaire de ses aimables nièces, il
leur proposa dernièrement le petit
problème contenu dans l'histoire suivante.

Tom était le fils d'un baronnet,
jadis possesseur de très belles terres
qu'il avait peu à peu converties en
guinées, pour se procurer la réputa-
tion d'un des plus intrépides parieurs
des courses de Newmar-Ket. Le jeune
homme n'avait pas connu l'opulence
de son père. Armé d'un fusil, en revenant de l'université de Cambridge,

dans le fond du pays de Galles, il bornait ses plaisirs à battre sans cesse la plaine, et son ambition à rapporter le soir quelques pièces de gibier. Mais bientôt son âme s'ouvrit à de nouvelles sensations: on ne le rencontrait plus que sur le petit sentier qui conduisait à Green-House. C'est à cette modeste habitation que se bornaient alors toutes les propriétés de monsieur Pringle, père de la charmante Lucy, jadis l'un des plus riches négocians du Bengale. Dans les premières années de son retour en Angleterre, on lui prodiguait ce brillant surnom de Nabab, réservé aux heureux mortels qui ont rapporté des trésors de l'Indostan. Mais les corsaires français, et vingt bons amis pires que ces corsaires, réduisirent promptement le Nabab à envier le sort des simples *Séjuires* qu'il daignait admettre à sa table; il se détermina enfin à aller cacher dans une province lointaine sa splendeur éclipsée.

Quant à Lucy, aucune de ses pensées ne pouvait plus se reporter en arrière, depuis qu'elle jouissait du bonheur de voir Tom tous les jours. Les deux pères furent bientôt aussi parfaitement d'accord que leurs enfans.

Déjà l'époque de leur union était fixée. On ne pouvait en choisir une plus favorable que celle où les nouvelles élections des députés au parlement amenaient dans le pays quiconque y possédait un pouce de terre. A peu de distance de Green-House était l'antique château de Dunmore, berceau d'une des plus illustres familles de la principauté. On y attendait le seigneur actuel, le vieux lord comte de Northesk; sa sœur Arabella l'y avait précédé. N'ayant pu parvenir encore, à cinquante-deux ans révolus, à voir allumer pour elle les flambeaux de l'hymen, miss Arabella, si l'on en croyait les discours malins des jeunes femmes, cherchait à fléchir les rigueurs de ce Dieu, en amenant chaque jour de nouvelles victimes aux pieds de ses autels. Les gens de meilleure foi lui soupçonnaient le très-louable projet d'honorer par une obligeance inépuisable, cette terrible époque de la vie que les Anglais semblent avoir vouée à un ridicule impardonnable, sous le nom de *vieux fillage (sold maiden hood)*. M. Pringle qui, dans le temps de son opulence, avait eu l'honneur d'être admis au *whist* de mis Arabella, fut des premiers à lui rendre ses hommages. Lucy l'accompagnait. Après quelques exclamations sur sa figure, sa taille, son main-

tien, vint la question favorite : « Quand
« la mariez-vous ? Le père hésita. —
« Quoi ! encore personne en vue !
« s'écria miss Arabella. Dieu soit loué :
« j'ai votre affaire. » Et en moins de
vingt minutes, l'infatigable marieuse
avait proposé vingt partis différens :
un ancien Alderman, retiré des affaires
avec une fortune honnête, un asthme
et six enfans ; un marin qui avait besoin d'une femme pour diriger un
petit établissement qu'il comptait faire
aux Antipodes ; un lieutenant-colonel
à demi-paie, qui avait perdu un bras,
une jambe et un œil dans la guerre
de Sept-Ans...... A chaque nom, monsieur Pringle faisait un mouvement
de tête, que miss Arabella prenait
pour un remerciement. Si Lucy se
mordait les lèvres pour ne pas éclater
de rire, sa noble protectrice recon-
naissait, en rougissant elle-même, le

timide embarras que cause la seule
idée du mariage dans un cœur vir-
ginal.

Cependant le comte de Northesk
arriva. Dès le lendemain, il n'y eut
pas un gentleman, à douze milles à la
ronde, qui ne fût invité au château de
Dunmore. Parée d'une robe blanche,
d'une rose, et de ses seize ans, Lucy
éclipsa les plus riches héritières du
pays. Miss Arabella présenta sa jeune
amie à son noble frère. Le comte n'eut
pas plutôt jeté un regard sur la physionomie enchanteresse de Lucy, qu'il
resta immobile et muet. Il ne rompit
le silence que pour dire à son voisin :
« Vous êtes un heureux père, mon-
« sieur Pringle! » Tom, caché derrière
lui, fut sur le point de sauter au cou
d'un lord qui voyait et jugeait si bien ;
mais il eut bientôt sujet de concevoir,
pour la bonne sœur de ce lord, des sen-

timens de reconnaissance bien plus vifs
encore. Miss Arabella, en sa qualité de
patronne de toutes les demoiselles à
marier, promenait sans cesse son œil
vigilant sur l'essaim des jeunes beautés
en ce moment rassemblées au château.
Elle ne tarda pas à s'apercevoir qu'auprès de sa pupille favorite se tenait
constamment un jeune homme, plus
remarquable encore par son maintien
modeste que par sa belle figure. Bientôt Lucy, tirée à l'écart, subit un in-
terrogatoire complet. Sa rougeur avait
tout révélé avant qu'elle ouvrît la
bouche. Elle essuya une réprimande
assez vive pour n'avoir pas fait confidence entière de l'état de son cœur,
dès sa première entrevue avec sa noble protectrice; réprimande au reste
suffisamment adoucie par l'assurance
positive qu'avant un mois la main

2*

de l'aimable Tom serait mise dans la sienne.

La soirée se termina par un bal; miss Pringle y déploya des grâces naturelles qui la firent vivement rechercher par les danseurs les plus à la mode. Le comte de Northesk suivait de l'œil tous les pas de Lucy; étonné du plaisir qu'il éprouvait pour la première fois dans une fête bruyante, il se disait tout bas que, s'il avait quinze ans de moins, il se présenterait hardiment pour danser une écossaise avec sa ravissante petite voisine. Aussitôt que M. Pringle eut emmené sa fille, le comte de Northesk remonta tout pensif dans son appartement, laissant à sa sœur le soin de le représenter dans une assemblée qui n'avait plus de charmes pour lui. Miss Arabella le trouva plus soucieux encore le lende-

main matin, quand il descendit pour
prendre le thé avec elle. Elle ne put
en tirer qu'un seul bonjour, pas un
mot sur la fête de la veille, pas même
une réflexion sur les quinze journaux
qu'il venait de parcourir. Il se lève
enfin; et, toujours silencieux, il prend
le chemin du parc. Miss Arabella est
trop inquiète pour ne pas le suivre de
loin. Après quelques instans de promenade solitaire, ils se rencontrent
au détour d'une allée. Le comte recule
effrayé, comme s'il eût aperçu un
juge prêt à lui prononcer son arrêt.
Mais tout à coup souriant de son épou-
vante : « Ecoutez-moi, ma sœur, dit-
« il ; dussiez-vous me traiter de rado-
« teur ou de visionnaire, il faut que
« je vous confie une secrète pensée
« qui me suffoque. Cent fois vous m'a-
« vez entendu dire que je mourrais
« garçon, si je ne rencontrais pas une

« femme qui me fît souhaiter, dès le
« premier jour où je la verrais, de de-
« venir son mari. Eh bien, cette
« femme, qui dans l'espace de trente
« ans ne s'était point présentée à mes
« yeux, je l'ai trouvée hier. — Ah !
« mon cher frère, s'écria miss Ara-
« bella, je vous devine : quelle autre
« pourrait-ce être que ma Lucy ? »
Ravi de se voir pénétré, le comte em-
brasse brusquement sa sœur ; une
larme d'attendrissement mouille sa
paupière. « Mais Tom ! se disait par
« intervalle miss Arabella. Eh bien,
« Tom, s'il a le cœur bien placé, doit
« se consoler promptement en voyant
« sa Lucy devenir une grande dame....
« et d'ailleurs, ne puis-je pas trouver
« aisement à le marier bien plus avan-
« tageusement, ce bon jeune homme ? »
Rassurée par ces réflexions, s'en-
flammant au seul aspect du rôle im-

portant qu'elle allait jouer dans le plus
beau et le plus intéressant des mariages qu'elle eût jamais faits ou pro-
jeté de faire, miss Arabella, avant le
lever du soleil, était déjà partie pour
Green-House. Le bon M. Pringle
crut un instant que miss Arabella
était venue lui raconter le rêve qu'elle
avait fait cette nuit même. Lorsqu'il
eut un peu rassis ses esprits, il ne sut
que se confondre en exclamations sur
l'insigne honneur que sa seigneurie
voulait faire à sa fille et à lui. Il faut
excuser le cœur d'un père. Lucy,
comtesse, Lucy admise au cercle et au
jeu de la reine, chatouillait bien déli-
cieusement son oreille. Peut-être
même ses regards se reportèrent-ils
involontairement sur lui-même; peut-
être se voyait-il déjà, par le crédit de
son illustre gendre, remonté au rang
des membres les plus opulens de la

compagnie des indes. Lucy fut appelée : sa surprise, son silence, ses
larmes, tout fut pris pour un consentement tacite. La dégager du pauvre
Tom, de son vieux père, parut la
chose la plus facile. Lucy n'en jugea
pas de même. Dès que miss Arabella
se fut retirée, en l'appelant vingt fois
sa charmante petite sœur, elle courut
attendre le pauvre Tom à l'entrée de
l'avenue. Trois heures passées à gémir,
à se consulter, se terminèrent par la
résolution commune de fuir en Ecosse
pour s'y marier. Tom était doué d'un
sens très-droit, quoique passionnément amoureux; il permit, dès la
nuit suivante, à la raison de venir à
son secours. Elle lui conseilla de tenter un dernier moyen. Il vole au château de Dunmore, attend le lever du
comte, et lui fait demander un entretien particulier. « Milord, lui dit-il,

« vous voulez épouser une fille que
« j'adore; vous avez un rang et des
« trésors à lui offrir; moi, je n'ai rien
« à lui donner, mais elle m'aime.
« Votre générosité vous permettra-t-
« elle de condamner à l'infortune
« deux êtres qui avaient droit de
« se croire heureux, avant que vous
« parussiez parmi nous? » Le comte
le regardait fixement sans lui répondre; enfin, après quelques minutes
de silence, pendant lesquelles Tom se
sentait défaillir : « Je vous plains sin-
« cèrement, jeune homme, dit-il; mais
« le sacrifice que vous me demandez
« n'est plus en mon pouvoir. » Tom,
heureusement, était sans armes : la
fureur ne lui permit pas de répliquer
un seul mot.

Il eut bientôt un combat plus pénible à soutenir. Le bon M. Pringle vint
le supplier avec larmes de rendre la li-

berté à sa fille , de ne pas la priver de
la douceur inappréciable d'être la bien-
faitrice de son père et de ses jeunes
frères. Profondément ému par le désespoir d'un vieillard qu'il était accoutumé à respecter et à chérir, alarmé
par les cris d'une conscience délicate ,
Tom se dévoue pour victime ; il trace
à sa bien-aimée une lettre d'éternel
adieu. Il s'apprête à mettre l'immen-
sité des mers entre elle et lui. Mais le
cœur de celle qu'il aime et qui aime
pour la première fois, le paie-t-il d'un
sacrifice qu'il regarde comme un ou-
trage ? Désespérée , furieuse , Lucy
déclare à son père qu'elle est prête à
recevoir la main de lord Northesk. A
peine échappé de sa bouche , ce vœu
fatal est transmis au comte. Miss Arabella dépêche sur-le-champ un cour-
rier à Londres , pour faire préparer
l'appartement de la future comtesse.

Dans l'ivresse qui l'anime, la vieille demoiselle ordonne surtout qu'on lui rapporte les joyaux héréditaires dont sa trisaïeule était parée lorsqu'elle fut présentée à la reine Elisabeth : ils devaient briller désormais sur le front de Lucy. L'impatiente miss Arabella et le bon M. Pringle lui-même décidèrent qu'il fallait se hâter de profiter de cet acte de dépit pour amener la jeune personne à conclure d'une manière irrévocable. On lui démontre que la démarche de Tom ne peut provenir que d'une profonde indifférence, et même du plus insultant mépris ; pendant ce discours, on la coiffe, on l'habille. Miss Arabella prétendait que milord serait affligé et même offensé de ne pas voir sur la tête et au cou de la future comtesse toutes les pierreries qu'elle avait ordre de lui attacher elle-même. Lucy, livrée à bien d'autres pensées que celle de sa toilette, se soumet à tout ce que l'on exige d'elle. On monte dans le carrosse de parade qui avait amené miss Arabella ; on part pour le château de Dunmore.

Dans un fond, où le chemin traversait un bois fort épais, la voiture est arrêtée par quatre hommes à cheval, le pistolet à la main. L'un deux paraît à la portière ; et, à la vue des diamens dont Lucy est couverte, il ne peut contenir ses transports d'alégresse. Pendant que la jeune personne, à demi-morte de frayeur, détache son collier, que miss Arabella recommande son âme à Dieu, en se comparant à la fille de Jephté, et que M. Pringle tire sa bourse et sa montre : « Ciel ! s'écrie le voleur, M. Pringle ! « mon bienfaiteur ! » et il s'éloigne à toute bride. M. Pringle reconnut les traits de cet homme : il se rappela lui avoir rendu un léger service dans le temps qu'il habitait Londres.

Toute la haute noblesse de la principauté de Galles était déjà réunie au château de Dunmore, lorsque la jeune fiancée y fit son entrée solennelle. L'effroi qu'elle ressentit à l'aspect de son vieux prétendu, fut mis sur le compte de l'aventure qu'elle venait d'essuyer, et que miss Arabella avait déjà racontée dix fois avant que l'on eût pris ses places pour la cérémonie. Le notaire, sur l'invitation du comte, prend en main le contrat tout dressé, et commence à en faire lecture à haute voix. Lucy chancelait sur son siége; elle allait s'évanouir, lorsque le notaire, après un assez long préambule, nomma pour futurs conjoints. . . . Tom Belton et miss Lucy Pringle. Au même instant la porte d'un cabinet s'ouvre; un jeune homme s'élance, et tombe aux genoux de Lucy. Elle fait un cri, porte sa main à ses yeux, croit voir un fantôme, et se lève pour fuir. Le comte l'arrête : « Miss Pringle, lui-dit-il, me préserve le Ciel d'accepter un bonheur qu'il ne serait pas en mon pouvoir de vous faire partager ! Je vous rends à vous-même, je vous rends à l'époux que votre cœur a choisi. » Avant que le jeune couple, immobile de surprise et de joie pût proférer une parole, le notaire achevait la lecture de l'acte. Tom y était reconnu seigneur d'une des plus belles terres du comté, et Lucy propriétaire de toutes les pierreries dont étincelait sa parure. Miss Arabella se sentit un peu piquée de n'avoir pas été mise dans la confidence de ce dénouement ; mais sa mauvaise humeur fut bientôt adoucie quand elle entendit son frère lui promettre qu'elle seule réglerait tout le cérémo-

nial de la noce. Elle fut brillante, et l'on
ne peut s'en étonner ; mais ce qui est
plus surprenant, c'est que les mariés
y furent aussi gais que si cette noce
n'eût pas été la leur.

« Ici se termine mon histoire, dit le
« conteur à ses trois jolies nièces ; pré-
« sentement, mesdemoiselles, pourriez-
« vous me dire qui fut le plus géné-
« reux, ou du comte de Northesk qui,
« passionnément épris de la belle Lucy,
« et devenu maître de sa main, la cède
« à son rival, et comble ce rival de
« bienfaits, ou du jeune Tom qui,
« certain d'être aimé comme il aimait,
« se dévoue à l'exil et à des regrets
« éternels, pour ne pas être un obs-
« tacle à l'élévation de Lucy, et au
« bonheur de toute sa famille ; ou en-
« fin de ce voleur si délicat, si rare,
« qui s'abstient, par reconnaissance,

« de s'approprier pour cinq cent mille
« francs de diamans ? »

Les trois jeunes personnes se re-
gardaient, rougissaient, toussaient et
ne concluaient rien. L'oncle reprit
la parole.

« Le vieux sage, dit-il, dont j'ai
« tiré ce conte, a décidé ainsi la ques-
« tion : Ceux qui accorderont la pré-
« férence au vieux lord, ont reçu du
« Ciel un tempérament jaloux ; ceux
« qui pencheront pour le jeune amant,
« sont incontestablement amoureux ;
« les avares seuls pourront donner
« leur voix aux voleurs. »

EDGARD ET ELFRIDA,

Nouvelle écossaise.

L'AMOUR ne se plaît pas toujours dans le séjour brillant des arts et du luxe; il aime aussi quelquefois à se réfugier sous le chaume, où règnent la simplicité et l'innocence; il s'exalte près des torrens et des précipices, et s'accroît dans la solitude et le silence des bois.

Non loin d'Edimbourg, au pied de la montagne d'Ochill, près Twiner, vivait paisiblement un couple vertueux et aimable. Seize années s'étaient écoulées depuis la naissance d'Elfrida, unique fruit du plus heureux hymen, et chaque année avait développé de nouveaux charmes dans cette fille chérie.

Souvent son père la prenait par la main pour la conduire sur un rocher élevé : là, il chantait avec elle quelques fragmens des poésies mélancoliques d'Ossian ; mais bientôt il s'arrêtait involontairement pour prêter une oreille attentive à la voix mélodieuse de sa fille, qu'il regardait avec un sourire mêlé de larmes. Un seul désir me reste à former, se disait ce tendre père : que mon Elfrida ne demeure point ensevelie dans ce désert ; qu'un époux riche et considéré vienne me demander sa main, pour la faire connaître et admirer dans le monde. Hélas ! les vœux de sa fille sont plus modestes ; une cabane les renferme tous : un vieillard l'habitait avec son fils. Edgard Lowison (c'était son nom) ne devant rien à la fortune, mais tout à la nature, car elle l'avait comblé de ses dons les plus enviés.

La première fois qu'Elfrida et Edgard se virent, ils s'aimèrent; mais ils restèrent long-temps sans savoir quelle était l'espèce de sentiment qui les attirait l'un vers l'autre. Lorsqu'ils furent mieux instruits, leur flamme devint plus ardente sans rien perdre de sa pureté.

Se livrant avec délices au charme d'une passion partagée, et dont rien ne pouvait les distraire dans la profonde solitude où ils vivaient, combien le bonheur de ces deux jeunes amans eût été parfait, si ceux dont ils dépendaient avaient pensé comme eux! Mais le père d'Elfrida ne demande point des preuves d'amour, mais des preuves de richesses à celui qui veut obtenir la main de sa fille.

Un jour qu'Elfrida se promenait

seule dans un des endroits les plus
écartés de la montagne, elle est tout-
à-coup effrayée par la brusque appa-
rition d'un jeune homme qui marche
vers elle avec précipitation, quoiqu'il
parût être accablé de lassitude. Elfrida
allait fuir quand elle entendit l'étranger implorer son secours d'une voix
douce et touchante. Elle revint à l'instant sur ses pas; et, s'approchant timidement de celui qui d'abord lui
avait causé une si grande frayeur,
elle lui demanda, le regard fixé sur la
terre, et en rougissant, ce qu'il désirait d'elle.

L'inconnu, la bouche à demi ouverte, la considérait avec des yeux
où la surprise et l'admiration se pei-
gnaient vivement. Oubliant à la fois et
les dangers qu'il venait de courir et le
besoin pressant de réparer ses forces
épuisées, il ne songe plus qu'à se li-

vrer au plaisir de contempler cette
beauté ravissante, dont l'aspect vient
de l'éblouir. Cependant Elfrida, éton-
née de ne point recevoir de réponse,
lève les yeux; et, malgré son innocence et sa grande simplicité, cet instinct secret, que la nature a placé dans
le cœur de toutes les femmes, lui fait
découvrir en partie la cause du trouble extrême de celui qui est devant
elle : la confusion qu'elle éprouve alors
l'embellit encore davantage. Touché
de son embarras, l'étranger retrouve
enfin la parole. Il apprend à Elfrida
que, parti de grand matin de Stirling
(palais des souverains d'Écosse),
pour suivre le roi à la chasse, il s'était
égaré dans les sinuosités de la montagne d'Ochill; qu'après dix heures de
fatigues et d'efforts inutiles pour retrouver son chemin, il allait probablement être surpris par la nuit au mi-

lieu de ces lieux déserts et sauvages, quand, par un bonheur inespéré, un ange, sous la forme d'une jeune fille, s'était montré à lui.

Vêtue selon l'usage des jeunes Ecossaises, un corset étroit laissait voir toute l'élégance et la finesse de sa taille, et un léger chapeau de paille, que l'Amour lui-même semblait avoir posé sur cette jolie tête, ne pouvant contenir des cheveux si beaux et si longs, de tous les côtés il s'échappait de belles tresses blondes qui tombaient autour de ses épaules.

Jacques II (car l'étranger n'était autre que le roi lui-même) enivre ses yeux et son cœur de la vue de tant de charmes; son âme jeune et ardente s'ouvre tout d'un coup à l'amour le plus vif; il soupire, il brûle, et ce qui augmente le ravissement où le jette cette aventure, c'est le mystère impé-

nétrable dans lequel il peut envelopper son nom et son rang, la simplicité
de ses habits n'en pouvant donner aucun soupçon.

Au milieu de l'éclat et des jouissances de la gloire, Jacques parta-
geait le malheur commun à tous les
princes ; il n'avait pas la certitude
d'être aimé pour lui-même. On peut
acheter les louanges, les soins, la
complaisance, même la fidélité, mais
non l'amour ; le cœur veut se donner ;
et comment donner à celui qui est
condamné par état à tout payer ?

La nuit commençait à confondre le
ciel avec la terre, quand Elfrida aperçut sa demeure. En voyant son père
et sa mère sur le seuil de la porte, in-
quiets de sa longue absence, elle
double le pas, arrive et se jette dans
leurs bras en les embrassant. Elle se
tourna ensuite du côte de l'étranger,

et raconta avec une grâce simple et
modeste comment elle avait trouvé
un jeune homme de la suite du roi,
qui s'était égaré dans les bois. Le bon
montagnard s'empressa d'offrir à l'é-
tranger d'entrer dans sa chaumière
pour se reposer. Quelques siéges d'un
bois grossièrement travaillé, une table, et plusieurs vases suspendus au
mur à côté d'une lyre, étaient les
seuls ornemens de cette rustique habitation; mais, dans ce moment, le monarque préférait la cabane du plus
pauvre de ses sujets à toutes les
somptuosités du palais d'Edimbourg.
Les idées romanesques s'allient si
bien à la vie pastorale! L'amour aime
à planer sur des bois, des fleurs et des
champs.

Tandis que le père d'Elfrida cherche à entretenir le roi, sa femme et
sa fille sont occupées à apprêter avec

soin le repas de l'hospitalité; elles ap-
portent dans des plats d'argile, des
légumes, quelques poissons, du lai-
tage et des fruits. Jacques suivait tous
les mouvemens d'Elfrida avec un plaisir indicible; il ne peut se lasser de
l'admirer, et, comme Henri IV, chez
le meûnier de Lieursaint, il épie les
occasions de partager avec Elfrida les
peines qu'elle se donne pour les apprêts de ce festin champêtre. Enfin, le
prince prend sa place auprès de la
jeune fille; jamais il ne s'était senti
plus de désir de plaire. Distingué par
l'extérieur le plus agreable, Jacques
avait de ces manières à la fois nobles,
simples et naturelles, qui sont si sé-
duisantes et si rares. Elfrida l'écoutait
avec une attention extrême; ce langage pur et élégant qu'elle entendait
pour la première fois, le choix et la
délicatesse des expressions, tout l'é-

tonnait et la charmait. Elle cachait à
peine les marques de son émotion;
elle croyait voir un être d'une espèce
différente, et bien supérieur à tout ce
qu'elle avait connu jusqu'alors.

Cependant, le repas fini, il fallut se
séparer. Le bon montagnard engage
le prince à prendre un peu de repos.
Jacques se jette sur la couche qu'on
avait préparée pour lui, mais en vain;
l'image d'Elfrida, plus puissante que
le sommeil, le tient réveillé toute la
nuit, et il attend avec impatience le
retour de la lumière pour revoir celle
qui charmé son cœur et ses yeux.

Néanmoins, au milieu de son délire, une pensée importune le plonge
tout à coup dans la perplexité; il songe
à la confusion, à la consternation où
sa longue absence doit avoir jeté toute
sa cour. Le devoir cède à l'amour, et
lui impose le sacrifice de quitter sans

retard le toit hospitalier qui lui a
donné asile; mais le projet d'y revenir sous peu de jours calme en partie
ses regrets. Cependant toutes ses ré-
solutions faillirent s'évanouir quand,
à l'aube du jour, Elfrida, simple
comme la fleur des champs, mais aussi
fraîche qu'elle, vint timidement lui
présenter du lait dans une jolie coupe
de bois luisant, présent d'Edgard, et
meuble précieux à la jeune fille qui
venait de s'en servir pour la première
fois. Le prince prend en tressaillant
le vase des mains délicates d'Elfrida;
il se défend à peine de la presser dans
ses bras; il allait ne plus écouter que
son amour, quand un sentiment subit
et inexprimable de respect pour tant
d'innocence le rendit immobile. L'excès de son émotion l'empêcha de parler; Elfrida rougit, et se hata de s'é-
loigner.

3*

Cependant il fallait se disposer à partir. Jacques prend congé de son hôte qui lui indique le plus sûr et le plus facile chemin ; il le presse de revenir dans la montagne. Le prince s'y engage sans peine ; il s'éloigne en retournant souvent la tête ; enfin, précipitant ses pas, il disparaît.

Le monarque marchait depuis une heure, quand, à l'entrée du port de Cramond, il se voit inopinément attaqué par cinq hommes cachés dans un ravin. Trop brave pour être même étonné, le roi se défendit long-temps avec sa seule épée : cette lutte si inégale commençait cependant à épuiser ses forces, et Jacques allait succomber sous les coups de ses assassins, quand le jeune Edgard Lowison, occupé à des travaux champêtres dans une grange voisine, accourut sur le champ de bataille. Le courage et la

générosité de l'amant d'Elfrida le firent
ranger à l'instant du côté du plus faible. Il s'élance vers les brigands, en
terrasse deux avec un instrument de
labourage, et, aidé du roi, parvient à
disperser le reste. Après quelques instans donnés à la reconnaissance, Jacques suit son libérateur dans sa modeste demeure, et le prie de lui procurer un vase d'eau et du linge pour
faire disparaître quelques taches de
sang qui souillent ses habits. Au milieu
de ces pauvres cabanes, le valeureux
jeune homme eut plus de peine à rendre au roi ce léger service, qu'il n'en
avait eu à l'arracher des mains de ses
assassins. Cependant, après bien des
recherches, il apporta au monarque
un linge grossier, et pendant que Jacques réparait son désordre, il s'in-
forma avec intérêt de la situation de
son généreux défenseur. Il observait

avec complaisance que le jeune montagnard joignait à une taille de héros les traits les plus nobles, et cette grâce touchante que donnent toujours la jeunesse et la candeur. Il veut qu'Edgard lui apprenne ce qu'il souhaiterait pour être parfaitement heureux. « Posséder en propriété la ferme de Broliad, répondit Edgard en pensant à Elfrida.» Cette terre appartenait précisément à la couronne; et le roi, content de la modération de ce désir, résolut de le satisfaire. Il fit promettre à Edgard de venir le trouver le jour d'après au palais de Holyvood, et de demander le fermier Ballangnich, nom que Jacques aimait à prendre dans ses courses nocturnes.

Le lendemain, Edgard, fidèle à sa promesse, se présente aux portes du palais; mais une sentinelle lui en interdit l'entrée avec rudesse. « Laissez-

moi passer : je ne vais pas au palais,
mais dans les jardins.—On n'entre
pas : que voulez-vous? — Parler au
fermier Ballangnich qui m'a dit hier
de venir le trouver ici ce matin. » A
ces mots, la sentinelle s'incline avec
respect, et le jeune homme traverse
deux cours sans obstacle ; mais, arrivé aux portes intérieures du palais,
il est arrêté de nouveau : mêmes questions, mêmes réponses. Edgard prit
alors une haute idée de celui à qui il
avait sauvé la vie. Il faut, disait-il en
lui-même, que ce soit au moins l'in-
tendant du roi.

Cependant Jacques avait aperçu
d'une des fenêtres du palais son libérateur. Voulant s'amuser de son étonnement, il envoya des ordres à quelques-uns de ses officiers. Edgard est introduit dans une vaste salle où les
gardes du prince se rangent avec res-

pect. Un repas splendide est servi à
l'instant. Edgard était loin d'imaginer
que ces apprêts magnifiques se fissent
pour lui; retiré dans un coin de la
salle, le jeune homme attendait avec
impatience que le fermier Ballangnich
vînt lui donner l'explication de tout
ce qu'il voyait. Dans l'intervalle, Jacques avait repris son simple habit de
chasse de la veille; il entre dans la
salle. Dès qu'Edgard l'aperçoit, il
court à lui : « Comment, vous disposez
ainsi du palais? lui dit-il d'un ton effrayé. Le roi est donc absent? Ne crai-
gnez-vous pas d'être puni? — Soyez
sans inquiétude, lui répondit Jacques
en souriant, et mettons-nous à table. »
Edgard s'assied tout troublé; mais
bientôt l'apprêt délicieux des mets, le
choix exquis des vins, et surtout la
gaîté franche et aimable du fermier
Ballangnich, bannirent toute con-

rainte. Le repas fini, les officiers qui remplissaient la salle se retirèrent. « Vous souvenez-vous du désir que vous formâtes hier, mon cher Edgard, lui dit le prince avec bonté, et croyez-vous qu'en possédant la ferme Brohead, il ne manquerait rien à votre bonheur? — Rien, monseigneur, répondit Edgard, que d'être l'époux d'Elfrida Donalson. — Comment! s'écria le roi avec une surprise mêlée de colère, vous aimez Elfrida? — Depuis un an, un amour mutuel et tendre nous unit, répliqua Edgard avec confiance; mais le père d'Elfrida ne veut donner sa fille qu'à un gendre riche, et je suis résolu de servir dans les troupes du roi Jacques, pour acquérir par mon courage les biens qui me manquent.

Le malheureux Jacques se cachait le visage avec ses mains, pour ne

point laisser apercevoir la révolution
douloureuse que cette découverte pro-
duisait sur lui; il éprouvait tous les
tourmens d'une passion violente qu'on
ne peut réprimer. Cependant, après
un combat cruel, la grandeur de son
âme et la générosité naturelle de son
caractère l'emportent ; il rougirait de
sacrifier la reconnaissance à l'amour.
Mais ce ne fut pas sans un déchire-
ment de cœur affreux qu'il annonça à
Edgard que tous ses vœux allaient être
comblés. « Voici, ajouta-t-il, le contrat qui vous assure la propriété de la
terre de Brohead ; dès ce moment elle
cesse d'appartenir à la couronne. —
Mais comment cela est-il possible?
répond Edgard d'un air étonné : que
dira le roi? — Le roi, mon cher Edgard,
se souviendra toujours que vous lui
avez sauvé la vie, dit Jacques en se
levant, et en faisant signe à toute sa

cour d'entrer.—Ah ! sire, s'écria Edgard avec transport et reconnaissance, en se précipitant à ses pieds,
que vos ennemis tremblent ! Fussent-
ils innombrables, je me sens la force
de les combattre tous. — J'espère que
votre courage ne sera pas mis à une
si rude épreuve, » répliqua le roi en
souriant. Se tournant ensuite vers ses
courtisans, il ajouta : « Milords, vous
consentez sans doute à admettre ce
brave jeune homme parmi vous ; si
les honneurs sont le prix du courage,
qui les mérite mieux que lui ? Levez-
vous, Edgard ; recevez cette épée de
ma main : je vous fais lord. Déjà mes
bannières se rassemblent, mes lairs
m'attendent, et bientôt nous marche-
rons ensemble contre les ennemis de
l'Ecosse.

Edgard, par sa valeur et sa fidélité,
se montra toujours digne des bien-

faits du monarque. Aussi habile négociateur que brave guerrier, il eut plusieurs fois occasion de montrer à Jacques, dans ces temps malheureux où les factions divisaient le royaume, qu'un juste sentiment de l'honneur et une droiture naturelle réussissent aussi-bien que cet art tant vanté de la politique, qu'on croit ne pouvoir apprendre qu'au sein des cours.

L'aimable Elfrida, conduite à Edimbourg par son jeune époux, charma tout le monde par sa beauté, et par cette modestie véritable qui attire si sûrement les cœurs et désarme jusqu'à l'envie.

MADAME B.....

TRAITS HISTORIQUES

ET

ANECDOTES ANGLAISES.

Antipathie nationale.

UN Anglais riche , nommé *Péters*, était né d'une famille catholique et eut la fantaisie de recevoir les ordres sacrés. Il partit pour l'Espagne , où il se flattait de voir sa religion florissante sous l'aîle de la sainte inquisition. Pressé par son zèle, il négligea, avant de partir , d'apprendre au moins un peu d'espagnol ; ce qui l'exposa , dès l'instant de son débarquement en Espagne, à beaucoup de désagrémens.

Heureusement que, dans le sémi-

naire où il fut adressé, il se rencontra
un étudiant irlandais, très-peu pé-
cunieux. Les pauvres fermiers catholiques d'Irlande s'imaginent gagner le
paradis et relever beaucoup leur famille en faisant étudier au moins un de
leurs enfans pour la prêtrise; et ces
pauvres jeunes gens, lorsqu'ils sont
une fois bien farcis de théologie, ne se
trouvent plus propres à rien, si ce n'est
à être soutenus par charité, soit dans
des colléges étrangers, soit dans quelques châteaux où l'on professe leur religion, et où ils jouent le rôle d'au-
môniers honteux. L'Irlandais consentit
donc avec empressement à enseigner
l'espagnol à son confrère, et en attendant il le fit son interprète. Habitant
l'Espagne déjà depuis plusieurs années, il s'exprimait facilement en espagnol, et il savait de l'anglais tout ce
qu'un Irlandais peut jamais en savoir.

La convenance réciproque, resserra
peu à peu leur intimité. Tous deux
étaient fort honnêtes gens, et s'enten-
dirent fort bien. Les revenus de *Pé-*
ters, qui étaient bons et qui arrivaient
régulièrement, servaient pour tous les
deux. L'habitude est une seconde nature ; lors même que l'Anglais parla
bien l'espagnol, il n'avait aucun motif de rompre avec le complaisant
Irlandais. Tous deux éloignés de leur
pays, ils s'étaient confié leurs secrets
et leurs espérances. Tous deux a-
vaient reçu les ordres ensemble ; mais
enfin des arrangemens de famille rap-
pelèrent *Péters* en Angleterre. Il ne
pouvait laisser en arrière son compagnon, dont il s'était fait d'ailleurs une
habitude. Il n'aurait pas voulu non
plus altérer l'odeur de sainteté et de
bienfaisance qu'il voulait laisser après
lui. Il déclara donc au pauvre Irlandais,

en présence des supérieurs de la maison ; qu'il se chargeait de son sort s'il
voulait le suivre. Celui-ci y consentit
avec empressement, le comblant de
remerciemens ; et confessant qu'aban-
donné de son généreux frère, il mour-
rait de faim, n'ayant pas même de
quoi regagner son pays.

Nos deux voyageurs arrivent à Londres ; et, soit dans cette capitale, soit
dans la province où *Péters* avait ses
biens, leur union, leur charité chré-
tienne font l'édification de tous ceux
qui les connaissent. Tout-à-coup *Péters* est attaqué d'une maladie grave,
pendant laquelle le prêtre irlandais
donne à son frère tous les soins
qu'on peut attendre d'un chrétien et
d'un ami. Le mal augmente, et bientôt *Péters* est dans le cas de mettre
ordre à ses affaires pour ce monde-ci
et pour l'autre. Il reçoit les secours

spirituels de son ami ; mais il semblait toujours avoir un grand poids sur la conscience et le besoin de la soulager. Il fit enfin approcher l'Irlandais, et tout le monde s'étant retiré : « Mon « très-cher ami et bon frère, lui « dit-il, il dépend de vous que je « meure en paix : accordez-moi votre « pardon, je vous en conjure, pour « mériter d'être pardonné à votre « tour. »

« Mon digne ami, répondit l'Irlan- « dais, vous ne m'avez jamais fait la « moindre offense ; mais si le repos de « votre conscience en dépend, confiez- « moi les reproches que vous croyez « avoir à vous faire, et soyez assuré « que je vous pardonnerai. »

Le moribond lui dit alors : « Je suis « le plus grand hypocrite que la terre « ait porté. Vos qualités vous rendent « digne de l'amitié de tout homme vi-

« vant ; vous m'avez constamment
« rendu des services, vous avez
« même fait une étude d'aller au-de-
« vant de tous mes désirs ; et, quoi-
« qu'en apparence j'en aie été recon-
« naissant, il faut que je confesse que
« vous êtes l'homme que je déteste et
« méprise le plus : tout en vous, jus-
« qu'à vos prévenances, me déplaît, et
« cent fois dans le fond de mon âme,
« je vous ai envoyé à tous les diables.
« Le besoin que j'eus de vous en Es-
« pagne m'obligea à me rapprocher de
« vous, à ne pas vous quitter ; une cer-
« taine honte, un besoin machinal que
« je maudissais, me firent continuer
« mes relations, et finalement vous
« emmener en Angleterre. Je trouvai
« plus commode d'être un hypocrite
« et un cœur faux, que de me séparer
« de vous. J'ai cherché à surmonter
« ce profond dégoût ; mais tous les ef-

« forts de ma raison, et de la religion,
« ont échoué, devant ma haine. Vous
« êtes Irlandais; il m'a été impossible de
« surmonter une antipathie nationale,
« sucée avec le lait de ma nourrice,
« fortifiée par toutes les histoires qui
« m'ont poursuivi depuis l'école, jus-
« que dans le monde, sur le compte
« de votre pays. J'ai, depuis plusieurs
« années, été à l'affût d'un prétexte
« de vous faire un grand affront qui
« pût rejaillir sur votre nation ; mais
« il a plu à Dieu sans doute, pour le
« salut de mon âme, d'amener l'instant
« de ma mort avant celui de com-
« mettre ce péché. Je n'ai point en-
« core le degré de contrition et de
« repentance que je crois nécessaire,
« et je n'attends mon salut que de votre
« pardon nécessaire. O mon frère ! par
« la miséricorde divine, que vous es-
« pérez pour vos propres péchés, ac-

« cordez moi la rémission des miens. »

Le prêtre irlandais, après l'avoir
écouté tranquillement, prit la parole,
et, sans la moindre émotion, lui répondit : « Mourez en paix, mon cher
« frère ; je vous pardonne, et vous de-
« mande la même grâce à mon tour.
« Mes besoins étaient si grands que,
« sans vous, je ne savais que devenir;
« mais la douleur de devoir quelque
« chose à un Anglais était pour moi
« si forte, qu'elle a toujours surmonté
« la gratitude que je devais à mon
« bienfaiteur. Quand je réfléchissais
« aux mauvais traitemens que mon
« pays reçoit du vôtre, je ne pouvais
« considérer le bien que vous me fai-
« siez, que comme un trop faible dé-
« dommagement des maux auxquels
« nous sommes en proie à cause de
« vous. Je ne croyais pas vous devoir
« plus de reconnaissance que le pro-

« phète Elisée n'en devait aux cor-
« baux que Dieu lui avait envoyés
« pour lui porter sa nourriture. Tous
« les sentimens contraires que je vous
« ai montrés étaient de purs men-
« songes : si votre antipathie nationale
« est extrême, la nôtre n'est pas
« moindre ; mais nous avons de plus
« que vous le tort que, si vous
« nous haïssez, au moins votre con-
« duite est, en général, conforme à vos
« sentimens ; au lieu que nous autres,
« en Irlande, nous vous traitons
« avec une hospitalité, fruit de notre
« timidité et de notre sottise, quoi-
« qu'au fond nous n'en ayons pas
« moins de haine pour vous, ni moins
« de dignité nationale. Ainsi donc,
« mon très-cher frère, nous n'avons
« rien à nous reprocher : puisse la
« tombe effacer nos torts mutuels !

« Je ferai tous les efforts possibles pour
« vous aimer dans l'autre monde. »

Sur cette assurance, l'Anglais rendit l'âme médiocrement satisfait.

SINGULARITÉS
RELATIVES A L'ÉCOSSE.

DE même que la richesse des Lapons
consiste en rennes, celle des habitans
des environs de Lincoln, en Ecosse,
consiste en oies. J'en ai bien vu une
grande quantité dans la Poméranie,
mais ce n'est rien en comparaison des
légions de ces animaux que l'on voit
aux environs de Lincoln; il est vrai
qu'on a pour eux des soins vraiment
paternels. Pendant le temps que les
oies couvent, chaque habitant leur
cède sa propre demeure. Dans chaque
chambre, vous voyez, l'un sur l'autre
attachés au mur, trois rangs de nids
faits en osier. Assises dans ces nids,

les oies s'y entretiennent familière-
ment dans leur langage aimable. Un
gardien , ou *gozzard*, chargé de leur
surveillance , les conduit à l'abreuvoir
deux fois par jour avec la plus grande
douceur ; après quoi il les ramène, et
d'une main officieuse , il aide à remon-
ter celles qui occupent les nids supérieurs. Ce qui mérite d'être remarqué,
c'est que ce bon *gozzard* connaît cette
espèce de bibliothèque vivante, mieux
qu'un savant ne connaît la sienne ; car
jamais il ne placera un de ses élèves
dans le nid d'un autre. Quant à l'o-
deur, je ne puis me dispenser de vous
dire que les petites maîtresses ne s'en
accommoderaient guère.

Les rochers et les écueils sont tellement couverts de ces oiseaux , qu'en
les voyant de loin , on les prendrait
pour un tapis de neige. Leurs nids sont
si rapprochés l'un de l'autre, qu'on ne

peut faire un pas sans les heurter.
Malgré cela, les femelles y restent bien
tranquillement, tandis que les mâles
volent de toutes parts pour chercher
de la nourriture. Apercevant leur
proie d'une très-grande distance, ils
fondent dessus avec tant de violence,
que, lorsqu'on attache un hareng sur
une planche, ils la percent du bec et
y restent suspendus. Pour faire leurs
nids, les oies d'Écosse vont chercher
bien loin toute sorte de matériaux,
qui sont pour elles d'un grand prix, et
que, pour cette raison, elles se dé-
robent souvent les unes aux autres ;
mais la manière dont elles commettent
ce vol semble prouver qu'elles ont
quelque idée du droit de la propriété.
Une oie ne vole le nid d'une voisine,
que lorsque celle-ci ne s'y trouve pas;
et, au lieu de porter le butin directement dans son propre nid, elle fait

d'abord un petit tour sur la mer, et revient ensuite avec l'air le plus honnête du monde, pour persuader qu'elle a été faire des acquisitions dans l'étranger. Si elle néglige cette précaution, on lui reprend son butin. C'est un métier pénible et bien périlleux que d'aller à la chasse de ces oies ; mais les manger à la manière des Kildéens, nous paraîtrait sans doute plus effrayant encore : car ils les jettent d'abord en grand tas sur la terre, ainsi que les œufs, pour les y laisser pourrir, et ils les trouvent exquises après cette singulière préparation. Pour prendre ces oiseaux, on se sert dans l'île de Saint-Kilda, d'une corde longue de trente aunes, faite de peaux de vaches et entortillée dans des peaux de moutons, afin qu'elle ne se déchire point en frottant contre les pointes des rochers. Une corde de cette espèce, forme la partie la plus essentielle de la dot d'une jeune fille, et a autant de valeur qu'une couple des meilleures vaches de l'île.

On prend par an, à Saint-Kilda, vingt mille oies d'Ecosse, et plus de quatre-vingt mille s'envolent en d'autres pays. Ces oiseaux ne mangent presque que des harengs, dont aussi la consommation égale l'abondance.

Toutes les fois qu'un étranger aborde à l'île de Saint-Kilda, les habitans gagnent un rhume accompagné souvent d'un crachement de sang, et les enfans, même au sein de la mère, n'en sont point exempts. Ce mal dure dix à quatorze jours, et il empire lorsqu'on décharge à terre des marchandises étrangères. La graisse d'oiseau en est le remède. Tous les ans, un délégué public arrive dans l'île, et son arrivée est toujours accompagnée du

4*

fameux rhume. On pourrait croire
que c'est une épidémie régulière, mais
point du tout. Car si, par quelque empêchement, le délégué n'y fait point
sa tournée, les habitans de Saint-Kilda conservent leur santé. J'y ai passé
cinq jours; et, comme dans les deux
premiers je n'entendais ni tousser ni
éternuer, je me félicitais de pouvoir
réfuter ce vieux conte; mais le troisième jour, le rhume gagna, et, à mon
départ, il n'y avait personne qui en
fût exempt. Les Kildéens ont une
odeur dégoûtante, causée par la mal-
propreté dans laquelle ils vivent. Ils
assurent, au contraire, que ce sont les
étrangers qui sentent mauvais. Il est
vrai qu'il ne faut pas plus disputer sur
l'odorat que sur le goût.

A quelques milles de Bedford, sur
la mer, est un château remarquable
par son antiquité et par l'usage respec-

table auquel il est maintenant employé. Il porte le nom de *Bambo-
rough*, et l'on dit qu'il fut bâti par le
premier roi des Northumbriens, il y a
plus de douze cents ans. Le rocher
sur lequel il se trouve, est si escarpé,
qu'on ne peut y monter que d'un seul
côté, où l'on a pratiqué des degrés.
Parvenu à la sommité, on y aperçoit
plusieurs ruines éparses, couvertes
de sable; on y trouve encore les res-
tes d'une grande salle, dans laquelle un
endroit est tout noirci par le feu per-
pétuel que l'hospitalité paraît y avoir
entretenu. Au-dessus de chaque croisée, est un tuyau qui, probablement,
a servi de cheminée. La fumée paraît
avoir été abondante dans cette salle;
mais cet inconvénient était peu de
chose pour nos ancêtres qui, malgré
cela, avaient les yeux tout aussi bons
que nous. C'est ce château, avec le

domicile et les biens y appartenans, qu'un évêque de Durham a consacré à subvenir à la détresse de ses frères. L'exécuteur de sa dernière volonté a fait réparer et arranger une grande tour carrée, monument de l'époque des Normands. La partie supérieure est un grenier rempli de grains, que l'on vend à très-bon compte aux indigens dans les temps de cherté. Le second étage contient des chambres munies de trente lits, et destinées à recevoir les malheureux qui font naufrage sur cette côte. Dans les tempêtes, on envoie des patrouilles le long de la côte, jusqu'à une distance de huit milles, pour s'informer des accidens qui peuvent arriver aux vaisseaux en mer, et pour faire savoir aux habitans de la côte qu'on a besoin de leurs secours communs. Le généreux évêque a ordonné qu'on tirât un canon placé au

haut de la tour, et que, par le nombre
plus ou moins considérable des coups,
on déterminât les différentes contrées
où il y aurait des accidens. C'est ainsi
que les habitans de la plage sont in-
formés sur-le-champ de ce qu'ils ont à
faire. On cherche, en outre, à préser-
ver non-seulement les hommes, mais
encore les vaisseaux; à cet effet, on tient
toujours prêt un attirail propre à les
garantir contre le malheur d'échouer.

On m'a assuré que des milliers d'in-
fortunés, sauvés de ces dangereux pa-
rages, bénissaient la mémoire du bienfaisant évêque qui, depuis long-temps,
sommeille dans la tombe; et moi aussi,
quoique je n'eusse pas besoin de ses
secours, je bénissais sa mémoire et
sentais des larmes s'échapper de mes
yeux, en jetant, du haut des croisées
de la salle, un regard sur les écueils au

bas du rocher où la mer se brisait en flots d'écume.

Auprès de Coldingham, il y avait autrefois un couvent qui s'était rendu fameux par la chasteté exemplaire de ses pieuses habitantes. Ces bonnes religieuses, craignant que les Danois ne portassent atteinte à la foi qu'elles avaient promise à leur chaste Epoux, se coupèrent toutes les lèvres et le nez. Cette action de bravoure coûta cher à ces religieuses; car les féroces vainqueurs ayant mis le feu au couvent, elles devinrent toutes la proie des flammes. Grâce au Ciel, leur chaste zèle ne se renouvelle plus de nos jours.

Les habitans des îles Hébrides mènent une vie misérable, ce qui ne les empêche pas de parvenir à un grand âge; dans la petite île de Jura, on voit souvent des vieillards de quatre-vingt-dix ans occupés aux travaux les plus durs. Un certain Gillour-Mac-Iren parvint à un âge beaucoup plus considérable que le fameux Phoras Parr; car il a célébré dans sa propre maison cent quatre-vingts fois la veille de Noël. Dans l'île d'Ilay, on est encore fortement attaché aux enchantemens et aux amulettes. Un amant malheureux cherche à se venger de son heureux rival, de la même manière que le berger Alphésibée dans Virgile ; il fait trois nœuds de trois fils de diverses couleurs, et, à chaque nœud, il fait des vœux pour attirer sur son rival toute la honte qui peut affliger un jeune époux ; mais celui-ci s'en venge par un contre-enchantement qu'il croit être à toute épreuve, mettant une pièce de monnaie sur le pied gauche, et se plaçant devant l'autel avec un soulier détaché. Dans l'île de Co-

Iunsay, un saint, nommé *Columba*,
était autrefois en grande vogue. Passe
pour le saint ; mais certes il n'était
guère aimable ce Columba : car il avait
tellement en horreur le beau sexe,
qu'il ne lui permettait pas même d'approcher de sa chaste demeure.

Tout le pays des environs d'Inver-
ness était habité par des voleurs, il y a
soixante ou soixante-dix ans. C'étaient
d'honnêtes gens dans leur genre,
priant le bon Dieu avant de piller,
pour qu'il leur donnât un riche butin,
et tenant fidèlement leur serment : car
chacun en avait un particulier ; l'un
jurait par son poignard, l'autre par
son sabre, un autre par la Bible ; et
ce n'était que ce serment-là que chacun tenait. Du reste, ils étaient très-
hospitaliers ; on pouvait compter sur
eux, après s'être mis à leur discrétion.

Les Connedies, deux brigands de

cette trempe, prirent sous leur pro-
tection le prétendant, et ne le trahirent
point, quoiqu'on eût mis sa tête à un
prix énorme. Ils volèrent souvent
pour lui, et pillèrent un jour les équipages d'un général anglais pour lui procurer du linge blanc. Long-temps
après, l'un d'eux, que n'avaient pu séduire 30,000 livres sterlings, fut pendu
pour avoir volé une vache.

L'infidélité était, parmi ces brigands,
un crime inouï, qu'on punissait de
mort. Leur chef avait ses conseillers
et ses lieutenans. L'éloquence avait
beaucoup de pouvoir sur eux. Celui
qui ne pouvait venir à bout de se faire
payer d'un homme riche, avait le droit
de lui voler des bestiaux pour la valeur de la somme due; et, après qu'il
avait mis en sûreté son butin, il était
obligé d'en faire une déclaration au
chef, et de vendre le tout, si on ne le

satisfaisait d'une autre manière. Cet
esprit de pillage était une suite des
guerres continuelles que s'étaient faites, dans ces lieux écartés, les chefs des
diverses factions ; elles ne cessèrent
que lorsque Cromwel, par une juste
sévérité, rendit le repos au pays.

A Edimbourg, j'ai vu un superbe
tableau représentant Charles Iᵉʳ et
son épouse, prêts à monter à cheval. A
côté d'eux se tient le fameux nain
Jeffery Hudson, fils d'un manœuvre,
et dont le petit corps renfermait l'âme
d'un héros ; il n'avait que dix-huit
pouces à l'âge de sept ans. Il entra au
service du duc de Buckingham, et eut
une fois l'honneur d'être servi à table
au milieu d'un pâté froid, au grand
divertissement de toute la cour. Au
mariage de Charles Iᵉʳ, Hudson passa
au service de la reine qui prit tant de
confiance en lui, qu'elle le chargea de

passer en France pour aller chercher
sa sage-femme. Pendant la route,
notre nain fut pris par un corsaire et
conduit à Dunkerque. On prétend
que, dans ce port, il remporta la vic-
toire dans un duel avec un dindon ; ce
qui a fourni à un auteur, nommé
Dawmen, le sujet d'un poëme héroï-
comique ; mais il ne faut pas croire que
Hudson n'ait été brave qu'envers des
animaux emplumés. Durant les trou-
bles civils, il servit comme capitaine
dans la cavalerie. Il suivit la reine en
France, où il eut un démêlé avec un
certain M. Crossets, qu'il provoqua au
pistolet. Celui-ci se trouva au rendez-
vous ; mais, au lieu de pistolet, il op-
posa à son adversaire, pour toute
arme, une seringue

Le petit nain trouva cette plaisanterie fort mauvaise, et ne fit aucune
difficulté de tuer Crossets d'un coup

de pistolet. Il fut contraint de s'enfuir de la cour et de se mettre en mer, où il fut pris par un corsaire et vendu comme esclave. On le racheta; il fut nommé capitaine dans la flotte royale, et il resta avec la reine en France, jusqu'au commencement du règne de Charles II. En 1682, on le soupçonna d'avoir eu part à la conspiration des catholiques; il fut mis en prison, et il y mourut à l'âge de quatre-vingt-cinq ans. Jamais nain n'a eu, peut-être, des aventures aussi extraordinaires. Il était entré dans sa carrière par une prison d'un nouveau genre, celle d'un pâté, et ce fut en prison qu'il la termina.

AVENTURES D'UN JEUNE ANGLAIS,

DEVENU GENDRE

DU ROI DE LA NOUVELLE-ZÉLANDE.

Dans le mois de mai 1809, arrivèrent à Calcutta, résidence du gouvernement de la compagnie anglaise dans le Bengale, la princesse Aetockoe, fille de Tippahée, roi de la Nouvelle-Zélande, et un jeune Anglais son mari. Les aventures de ces jeunes époux y excitèrent un intérêt général. En voici une relation tirée du *Monthly-Repertory*, que nous avons traduite en abrégeant.

Le mari de cette princesse se nomme *Georges Bruce*. Il est né en Angle-

terre en 1779. Son père était commis
de M. Wood , distillateur à Lime-
House. Georges Bruce, encore enfant,
fut placé, en qualité de mousse, sur le
vaisseau *l'Amiral-Royal*, de la compagnie des Indes, et arriva au port
Jackson, dans la Nouvelle-Hollande,
en 1790 (1). Il y quitta *l'Amiral-
Royal*, prit du service dans la ma-
rine de la colonie, et fut employé
sous divers officiers à relever les côtes,
à reconnaître les caps et les hâvres, et
à différens autres travaux. Le vaisseau de la compagnie, la *Lady-Nelson*,
capitaine *Simonds*, ayant été équipé
tout exprès pour reconduire dans ses
états, Tippahée, roi de la Nouvelle-
Zélande, qui était venu faire visite au

---

(1) Le capitaine Cook l'a nommée *Nou-
velle-Galles méridionale*, et c'est le nom
que lui donnent les Anglais.

gouverneur du port Jackson, Bruce fut nommé pour faire partie de l'expédition. Tippahée tomba malade pendant la route, et Georges Bruce fut chargé d'en avoir soin. Il s'acquitta de cette commission tellement au gré du roi, que ce prince, arrivé à la Nouvelle-Zélande, pria le capitaine Simonds de lui laisser Bruce qui consentit à rester.

Dès-lors, le jeune Anglais fut traité avec une considération particulière, et habita avec la famille royale. Son premier soin fut d'apprendre la langue zélandaise, de prendre connaissance des mœurs et usages du pays, auxquels il sut se plier; ensuite il visita l'île, trouva la contrée agréable, salubre, bien boisée, entremêlée de collines, et coupée de vallées charmantes, qui offraient souvent les sites les plus pittoresques. Les habitans lui parurent hospitaliers, francs, pleins de loyauté, n'adorant ni idoles, ni rien qui soit fait de main d'homme; mais reconnaissant un Etre-Suprême, un Dieu tout-puissant qui est l'objet de leur culte.

Le bon esprit de Bruce le rendant de jour en jour plus agréable au roi, ce prince se proposa de le mettre à la tête de ses armées; mais il fallait préalablement que le jeune Anglais se soumît à l'opération du *tatouage* (1), sans laquelle il ne pouvait être mis au nombre des guerriers. Cela ne plaisait point trop à Bruce; cependant il fallait en passer par là, ou renoncer à ses espé-

---

(1) Tatouage, action de tatouer; tatouer, terme de voyage, qui désigne l'usage où sont les sauvages de l'Amérique de peindre, piquer, barioler leurs corps de différentes figures et de diverses couleurs.

rances de fortune dans cette nouvelle patrie. Il prit donc le parti de se soumettre à la volonté du roi. Il fut donc *tatoué*, et sa personne offre un des plus rares et des plus singuliers modèles de cet art de se défigurer, en usage chez plusieurs nations sauvages, et qui paraît l'avoir été chez les peuples aujourd'hui civilisés.

Bruce, dans cet état, fut reconnu pour *guerrier du premier rang*, naturalisé nouveau *Zélandais*, admis au nombre des membres de la famille royale, et fut même honoré de la main de la princesse Aetockoe, la plus jeune des filles de Tippahée, âgée de quinze à seize ans, l'une des premières beautés du pays, non seulement par les charmes qu'elle tenait de la nature, mais encore par ce que pouvait y avoir ajouté de plus parfait et de plus frappant pour des yeux zélan-

2. 5

dais, le tatouage le plus raffiné et le plus à la mode.

Bruce, devenu prince de la maison royale, partagea avec son beau-père le gouvernement de l'île. Six ou huit mois après son mariage, plusieurs bâtimens anglais touchèrent à la Nouvelle-Zélande. Ils avaient besoin de provisions et de ravitaillement. Bruce leur fit fournir en abondance du poisson, des végétaux, et divers autres objets. Ils n'eurent qu'à se louer d'avoir trouvé dans cette île, un ami et un compatriote à la tête des affaires.

Il ne manquait à Bruce rien de ce qui peut contribuer au bonheur domestique. Lui et sa royale épouse jouissaient d'une santé parfaite. Ils s'aimaient tendrement, et ils étaient heureux. Si Bruce jetait les yeux sur l'avenir, il se plaisait à y entrevoir des progrès d'une civilisation qu'un sin-

gulier jeu de fortune semblait l'avoir
destiné à introduire dans cette île, et
cette espérance le flattait. Comme il
était occupé de ces idées, le vaisseau
le *Général-Welesley* arriva à la Nouvelle-Zélande, et entra dans la baie
des îles. Le hasard fit que Bruce et sa
femme se trouvèrent alors dans cette
partie de l'île assez éloignée de la résidence royale. Le capitaine Dalrymple,
qui commandait le vaisseau, s'adressa
à Bruce; il le pria de lui procurer
une cargaison de benjoin et de quelques autres objets, et lui demanda
une note des productions de l'île.
Bruce se prêta obligeamment à ces diverses demandes. Dalrymple lui proposa en outre de l'accompagner au
Cap-Nord, partie de l'île, où on lui
avait dit qu'il trouverait de la poudre
d'or, le capitaine pensant qu'il pourrait l'aider dans cette recherche. Ce

ne fut qu'avec beaucoup de répu-
gnance, après des instances réitérées,
et sur les promesses les plus solen-
nelles qu'on le ramenerait même directement, lui et sa femme, à la baie
des îles, que Bruce, qui ne voulait
point désobliger un compatriote, consentit à accompagner Dalrymple. Le
Welesley fit voile pour le Cap-Nord.
On y descendit à terre ; mais le capitaine trouva qu'il avait été mal informé au sujet de la poudre d'or. Il
avait repris la route de la baie, lorsque le vent devint contraire et le força
de s'éloigner de l'île ; cependant le
troisième jour, le temps étant devenu
plus favorable, Bruce s'aperçut que
le vaisseau continuait de faire route
vers l'Inde. Il rappela au capitaine,
en termes civils, les promesses qui
lui avaient été faites, et lui remontra
les conséquences fâcheuses qui pou-

vaient résulter de l'absence de la fille du roi. Dalrymple ne lui tint pas compte de ces justes représentations, et se contenta de répondre qu'il avait affaire ailleurs; qu'au reste, il pouvait disposer d'une autre île qui valait mieux et dont il le mettrait en possession.

En effet, il aborda aux îles *Feggée* (1), et demanda à Bruce s'il voulait qu'on le mît à terre. Bruce, qui connaissait le caractère cruel des insulaires, refusa. Alors Dalrymple lui ôta quelques présens de médiocre valeur, que lui et ses officiers lui avaient faits à la Nouvelle-Zélande, et les donna aux insulaires qui se trouvaient alors à coté du vaisseau, dans leurs canots. Dalrymple ayant quitté les îles *Feggée*, navigua vers *Soolo*, et visita quelques îles qui se trouvaient sur

(1) Autrement îles du Bois-de-Sandal.

son passage. Après être resté trois ou quatre jours à Soolo, il fit route pour Malaca, où il arriva en décembre 1808. Le capitaine et Bruce descendirent à terre. Le dessein de celui-ci était de porter ses plaintes au gouverneur; mais comme il était tard, il ne put le voir que le lendemain. Pendant ce temps Dalrymple retourna à bord, quitta la rade pendant la nuit, et partit pour *Penang*, emmenant la princesse, femme du malheureux Bruce. Dès le matin, Bruce alla trouver le gouverneur, lui porta ses plaintes et demanda que sa femme lui fût rendue. Le gouverneur l'engagea à prendre patience, et lui laissa espérer que, sous peu de temps, il passerait quelque bâtiment faisant route pour la Nouvelle-Hollande, et qui pourrait les y reconduire. Il lui promit qu'en attendant il écrirait à Penang, afin qu'on

lui envoyât sa femme. Trois ou quatre
semaines s'étant passées, on reçut des
lettres de Penang ; elles apprenaient
que Dalrymple était arrivé dans cette
île. Bruce crut ne pouvoir mieux faire
que de s'y rendre sur-le-champ ; mais
on lui dit en arrivant que sa femme
était partie avec le capitaine Ross , à
qui Dalrymple l'avait venduē. Bruce
dénonça cet attentat au gouverneur,
qui lui promit justice et lui demanda
quelle satisfaction il exigeait. « Je ne
demande rien , dit Bruce, sinon qu'on
me rende ma femme , et qu'on me
renvoie à la Nouvelle-Zélande. » Il
reçut satisfaction sur le premier point.
Les deux époux furent réunis par
l'entremise du gouverneur. Ils re-
tournèrent à Malaca, dans l'espoir
d'obtenir passage sur quelque vaisseau , comme cela leur avait été promis ; mais n'y ayant pas d'apparence

qu'il en vînt, on leur proposa de les
envoyer en Angleterre sur l'un des
vaisseaux des Indes, qu'on attendait
de la Chine, leur faisant espérer que
d'Angleterre ils trouveraient plus aisément une occasion pour la Nouvelle-Hollande. Malheureusement les
vaisseaux ne firent que jeter l'ancre
pendant la nuit dans la rade de Malaca, et en partirent au point du jour.
Bruce alors demanda qu'on le passât
à Penang, où il espérait que seraient
encore les vaisseaux des Indes. Il les
y trouva en effet; mais on exigea pour
son passage en Angleterre, 400 dol-
lars qu'il n'avait pas, ni ne pouvait se
procurer. Il prit alors le parti de passer au Bengale sur le *sir Edouard
Pelew*, qui faisait voile pour cette
contrée. Bruce et sa femme furent
reçus à Calcutta avec la plus affec-
tueuse obligeance, et on n'y oublia

rien pour adoucir leurs longues souf-
frances.

La princesse Aetockoe, introduite
par le commodore Hayen, fut présentée à milord Minto, gouverneur-
général du Bengale, le lundi 19 juin
1809, et reçue avec les honneurs et
les égards dus à son rang. Elle fut d'a-
bord un peu intimidée ; mais elle reprit bientôt son air gracieux et son
aisance ordinaire. Elle avait fait de si
rapides progrès dans la langue anglaise, que non seulement elle la com-
prenait parfaitement, mais même
qu'elle s'y exprimait très-bien. Son
habillement avait, dans son origina-
lité, quelque chose de piquant ; il
était composé de rubans et d'autres
objets pareils, arrangés de manière à
imiter parfaitement ces jolies nattes
de lin, et ces tissus de plumes dont
se parent, à la Nouvelle-Zélande, les

5*

dames de la plus haute qualité et du meilleur ton.

Après une courte audience, la princesse prit congé de lord Minto, très-satisfaite des témoignages de considération qu'elle en avait reçus, et des honneurs qu'on lui avait rendus. Cette princesse avait alors environ dix-huit ans; elle était bonne, douce, d'un sens et d'une finesse d'esprit beaucoup au-dessus de ce qu'il semble qu'on dût attendre d'une jeune personne élevée chez un peuple encore sauvage. Il y a lieu de croire que, depuis ce temps, il s'est présenté quelque occasion de faire passer ces deux époux à la Nouvelle-Hollande, d'où ils auront pu aisément se rendre dans les états de Tippahée.

Suivant le rapport de Bruce, on trouve dans la Nouvelle-Zélande du bois de charpente en abondance, surtout des pins et des sapins. Il y a des forêts d'une immense étendue, et qui paraissent inépuisables. Le lin et le chanvre y sont indigènes, et y croissent avec profusion : le premier y est beaucoup plus élevé qu'en Europe; d'immenses pleines en sont couvertes. Quelques habitans cultivent ces deux plantes ; mais la plus grande partie y croît spontanément. L'arbre qui produit le benjoin blanc est commun dans cette île.

Le sein de la terre y recèle des mines de métaux précieux, desquelles divers échantillons qu'on a déjà obtenus, attestent la richesse; mais l'ignorance où sont les Zélandais de la métallurgie et d'autres arts qui y ont rapport, n'en a pas encore permis l'exploitation. Le fer y est en grande abondance; les naturels se servent de la mine de ce métal pour se peindre le corps, et mettre leurs canots en couleur.

On compte parmi les légumes de cette contrée, le chou, la patate douce, l'iguane, le panais, la carotte, et beaucoup d'autres plantes potagères. Il y a aussi une plante qui a quelque ressemblance avec la fougère, mais dont la racine, ample et farineuse, offre, lorsqu'elle est rôtie, un aliment salubre et succulent qui peut tenir lieu de pain. Les Zélandais ne manquent point d'arbres à fruits, soit indigènes, soit exotiques. L'orange et la pêche y ont été apportées du Cap de Bonne-Espérance, et y réussissent fort bien. Tout récemment on y a introduit des races de chèvres et de cochons qui commencent à s'y multiplier. La pêche est extrêmement abondante sur les côtes pendant tous les mois de l'année. Il y aborde une multitude innombrable de maquereaux en été, et de harengs en hiver. L'île est arrosée de plusieurs belles rivières qui regorgent de poissons dont quelques-uns sont communs à l'Europe, et plusieurs propres à ces régions de la mer du Sud. Le bord des rivières et des lacs est couvert de canards et d'oies sauvages. Il est remarquable qu'aucuns de ces oiseaux n'aient été soumis à la domesticité. Le seul quadrupède de l'île est une espèce de renard, et le seul reptile, une sorte de lézard lourd et paresseux.

On a apporté en Europe et on y cultive le lin de la Nouvelle-Zélande, que sa beauté a fait prendre en considération. Il paraît néanmoins qu'il n'a pas justifié l'opinion qu'on s'en était formée, sans doute parce qu'on ignore les moyens de l'apprêter. Les naturels en fabriquent des tissus extrêmement délicats, et connaissent par

conséquent les procédés de sa préparation. Il faut espérer qu'un jour on
les découvrira, ou que quelque voya-
geur, ami de l'industrie, ayant eu occasion de s'en instruire dans le pays,
fera participer l'Europe à l'avantage
d'une connaissance aussi importante.

MILORD STAIR.

L'ANECDOTE suivante est relative à un problème historique qui est à l'Histoire d'Angleterre sous Charles Ier, à peu près ce qu'est l'aventure du masque de fer à l'Histoire de France sous Louis XIV.

Georges II, à son retour à Londres, après la bataille de Dettingue, ne supportait qu'avec peine la vue de lord Stair. Il ne lui pardonnait pas de lui avoir représenté d'une manière assez vive le danger qui menaçait l'armée anglaise, si le roi persistait dans le dessein de la laisser dans la position qu'elle occupait, et d'où, sans l'imprudente impatience du duc de

Grammont, elle ne serait pas sortie
sans être complétement battue (1).
Lord Stair, qui n'avait pas moins de
fierté que d'habileté dans l'art de la
guerre, s'étant aperçu de la froideur
du roi, et se trouvant peu disposé à
souffrir la honte d'une disgrâce for-
melle, allait se retirer dans ses terres
d'Ecosse, lorsqu'il reçut le billet suivant :

« Milord, votre bravoure est bien
« connue. Auriez-vous le courage de
« venir demain, à l'entrée de la nuit,
« près de l'hôtel Sommerset ? Vous y
« trouverez une personne, laquelle,
« si vous êtes assez hardi pour la
« suivre, vous conduira dans un

---

(1) On trouve dans le *Précis du Siècle de
Louis XV*, par Voltaire, à la suite du *Siècle
de Louis XIV*, un court et intéressant récit
de cette journée.

« quartier de la ville peu fréquenté,
« vous découvrira des secrets d'une
« plus grande importance que vous
« ne pouvez l'imaginer, et qu'on ne
« peut confier au papier. Si vous
« craignez qu'on ne veuille vous vo-
« ler, n'apportez avec vous rien qui
« ait de la valeur. »

Milord Stair ne sut que penser à la
lecture de ce billet. N'était-ce pas un
piége que lui tendait un secret ennemi? ou était-ce quelque affaire de
galanterie que l'héroïne avait intérêt
d'envelopper du mystère : toutefois il
résolut de se trouver à ce rendez-vous.

S'étant muni d'une paire de pistolets, et armé de son épée, il se rendit
à la porte de l'hôtel Sommerset, à
l'heure désignée. Un homme, sans lui
parler, lui fit signe de le suivre. Après
avoir marché pendant près d'une heure, ils arrivèrent dans une rue déserte.

Le conducteur frappa à la porte d'une petite maison de peu d'apparence; elle leur fut ouverte. Entrez, milord, dit le conducteur; et la porte se referma. L'intrépide lord, tenant son épée d'une main et un pistolet de l'autre, monta un petit escalier, et entra dans une chambre dont l'ameublement était fort ancien. « Venez, milord, dit une voix « faible, sortie du fond d'une alcove; « vous n'avez rien à craindre : asseyez- « vous sur ce siége, et nous causerons « ensemble. — A la bonne heure, dit « milord Stair; mais de grâce, dépê- « chons-nous, et dites-moi ce que « signifie cette bizarre aventure. — « Un peu de patience, milord, dit « l'inconnu; quittez d'abord vos armes, « prenez un siége, et regardez-moi. » Le lord, surpris de ce ton d'autorité auquel il n'était point accoutumé, prit une lampe, s'approcha du lit, et de-

meura stupéfait à la vue d'un vieillard
pâle, maigre, ayant une longue barbe,
et dont les yeux à demi-éteints se fixè-
rent sur lui. « Regardez-moi, milord,
« reprit l'inconnu. Vous voyez un
« homme dont l'âge et le malheur ont
« effacé les traits, qui jouit dans ce
« moment du seul bonheur qu'il ait
« goûté depuis de bien longues an-
« nées, et qui trouve avec délices sur
« votre visage une ressemblance qui
« lui est extrêmement chère. » Milord
Stair, toujours plus étonné, exami-
nait attentivement le vieillard, cherchait à s'expliquer diverses émotions
dont il était agité, et gardait le silence.
« Baissez-vous, lui dit le vieillard, et
« prenez une cassette qui est sous
« mon lit : vous y trouverez des pa-
« piers qui peuvent réparer ample-
« ment les immenses pertes qu'ont
« causées à votre famille les guerres

« civiles. » Sa seigneurie prit la cassette, et l'ayant posée sur le lit : « Dans
« cette boîte, dit le vieillard, vous
« trouverez les contrats de vente des
« trois principales terres qui apparte-
« naient à vos ancêtres, et des contre-
« lettres si authentiques, qu'à votre
« arrivée en Ecosse, les acquéreurs
« vous remettront immédiatement ces
« biens. Toutes les précautions ont été
« prises pour que vous n'éprouviez au-
« cune difficulté. » L'étonnement du
noble lord fut au comble, quand il aperçut des titres qui lui assuraient incontestablement les biens qui avaient autrefois appartenus à sa maison. « Qui-êtes-
vous, s'écria-t-il, vieillard respectable et
bienfaisant, à qui je dois plus qu'à mon
propre père ? Parlez, je vous en conjure. Faites-moi connaître mon bienfaiteur, dont le Ciel semble avoir pro-
longé les jours, pour qu'il trouve en

moi le plus tendre des amis et le plus
reconnaissant des hommes.—Cessez,
cessez, cher lord, dit le vieillard; ma
faiblesse ne me permet pas de soutenir
plus long-temps un tel entretien; em-
portez cette cassette, et dites un éternel adieu à un infortuné qui se trouve
moins malheureux, après avoir eu le
plaisir de vous serrer dans ses bras.
—Qui que vous soyez, répondit milord Stair, et quelque raison que vous
ayez de cacher votre nom, auriez-vous
la cruauté de m'obliger à vous obéir?
Puis-je vous abandonner dans l'état où
vous êtes, sans appui, sans ami, et
dans un tel dénument?—Arrêtez, milord, dit l'inconnu, c'est avec plaisir
que je trouve en vous ces sentimens généreux; mais sachez que votre ami,
puisque je vous parais digne de ce
nom, quelque malheureux qu'il soit,
sous d'autres rapports, est pourtant

fort au-dessus du besoin. Si donc vous
voulez m'obliger, laissez-moi sur-le-
champ. Faites plus encore, et je crois
être en droit de l'exiger : jurez-moi
que vous ne reviendrez point ici, à
moins que je ne vous y mande. Milord
Stair, jugeant par ce ton absolu que le
vieillard ne voulait point être refusé,
résolut de lui obéir. Il prit la cassette,
embrassa son bienfaiteur, et prit congé de lui, les larmes aux yeux. »

Lord Stair, de retour chez lui, ouvrit la cassette, et y trouva un grand
nombre de papiers qui pouvaient lui
être d'une grande utilité. Le lendemain, comme il se préparait, malgré
la promesse qu'il avait faite, à retourner chez le vieillard, une lettre cache-
tée de ses propres armes, et signée
Georges Stair, le fit changer de dessein ; elle était conçue en ces termes.

« N'essayez point de venir me voir,

« mon cher lord ; vous ne me trou-
« veriez plus. S'il eût été nécessaire
« que je vous découvrisse que je suis
« votre grand-père, qu'on croit mort
« depuis long-temps, je ne vous au-
« rais pas celé le nom de votre bienfai-
« teur. Mais les conséquences que je
« prévis devoir résulter d'une scène
« faite pour exciter en moi les émotions
« les plus vives, et l'assurance que
« j'ai que l'état de faiblesse où je suis
« ne m'auraient pas permis de la
« soutenir, ont dû m'empêcher de
« satisfaire votre curiosité, et de vous
« révéler des circonstances qui, au
« lieu de vous offrir un grand parent
« digne de votre amour et de votre
« respect, n'auraient mis sous vos
« yeux qu'un misérable...., un mons-
« tre propre à inspirer moins de pitié
« que d'horreur.

« Mon père mourut peu de mois

« après ma naissance ; ma mère le sui-
« vit bientôt au tombeau. Je fus laissé
« aux soins d'une tante, sœur de mon
« père, qui m'éleva avec tant de ten-
« dresse, que je conserve encore dans
« mon cœur le souvenir de ses bon-
« tés, quoiqu'elle ait été la cause du
« forfait que j'ai commis. J'avais à
« peine dix-sept ans, que, frappé d'in-
« dignation de voir nos concitoyens
« armés contre leur souverain, je ré-
« solus d'aller offrir au roi Charles Ier
« ma personne, ma fortune et mon
« épée. Mais quel fut mon étonne-
« ment quand, découvrant ma résolu-
« tion à ma tante, je la vis toute
« tremblante lever les mains au ciel,
« et me regarder avec une sorte d'hor-
« reur. Aussi surpris qu'affligé, je lui
« demandai avec instance le motif de
« l'agitation où je la voyais. « Vous me
« forcez de vous le dire, s'écria-t-elle

« en fondant en larmes. Eh bien! sa-
« chez que ce prince, que vous brûlez
« de servir, est l'auteur de ma honte
« et de la mort de votre père. J'avais
« environ quinze ans, et j'étais une
« des filles attachées à la reine, mère
« de ce prince, lorsque le misérable,
« abusant de mon âge et de ma cré-
« dulité, entreprit de me séduire. Il se
« lia envers moi par les sermens les
« plus sacrés. Je cédai, et ma ruine fut
« consommée.... Ce prince perfide
« partit peu de temps après pour l'Es-
« pagne, dans l'espoir d'épouser l'in-
« fante. J'étais déshonorée, si votre
« père ne fût arrivé à Londres; il me
« fallut lui confier mes malheurs et les
« suites qui allaient en résulter. Ce
« cher frère, vivement touché de mon
« embarras, courut chez la reine, et
« en obtint la permission de m'emme-
« ner. Je me rendis dans une de ses

2. 6

« terres près d'Edimbourg, où je de-
« meurai jusqu'à ce que je fusse réta-
« blie. Hélas! ajouta ma tante, j'étais
« condamnée à ne plus le revoir. Le
« chagrin que lui causa ma faute, le
« conduisit au tombeau. Sa digne
« épouse qui venait de vous mettre
« au monde ne put lui survivre; elle
« mourut un mois après lui.... Telles
« sont, mon cher neveu, les secrètes
« et déplorables raisons qui m'ont dé-
« terminée à vivre dans la retraite.
« Vous êtes le seul à qui je les aie ja-
« mais fait connaître. Voyez après
« cela, mon ami, si vous devez faire
« le sacrifice de votre fortune et de
« votre vie à celui qui a porté l'op-
« probre dans votre maison, la mort
« dans le sein de votre père et de
« votre mère, et un remords éternel
« dans mon cœur.—Non! m'écriai-je,
« non! Le malheureux est indigne de

« vivre, et je jure devant Dieu qu'il
« mourra de ma main.

« Vous dire maintenant, milord,
« quels moyens j'employai pour venir
« à bout de mon dessein; quel raffine-
« ment ma fureur toujours croissante
« me fit mettre dans ma vengeance, et
« ce que je tentai pour accomplir mon
« exécrable serment; vous peindre les
« remords déchirans qui depuis ce
« temps m'ont agité, serait une tâche
« au-dessus de mes forces : qu'il vous
« suffise de savoir, pour m'abhorrer
« autant que je m'abhorre moi-même,
« que *cet homme caché sous un*
« *masque, qui trancha sur l'écha-*
« *faud, la tête à l'infortuné Char-*
« *les Ier, n'est autre que votre indigne*
« *et trop coupable grand-père Georges*
« *Stair.* »

Entre l'année 1649, au commencement de laquelle Charles Ier fut exé-

cuté, et la bataille de Dettingue,
en 1743, il y a un intervalle de quatre
vingt-quatorze ans, en supposant que
sir Georges Stair eût vingt ans, lorsqu'il commit cet attentat ; il aurait été,
en 1743, âgé de cent quatorze ans.

L'auteur anonyme de cette anecdote ajoute que, quelles que fussent
la surprise et l'émotion de lord Stair à
la lecture de cette lettre, il avait sur-
le-champ envoyé dans la rue et au logis
où il avait vu son grand-père, mais
qu'on n'y avait trouvé personne.
Tout ce qu'on put apprendre dans le
voisinage, c'est que cette maison n'é-
tait occupée que depuis huit jours ;
que le soir précédent, les domestiques l'avaient quittée et laissée toute
meublée comme il l'avait vue, enfin
qu'on ne savait de qui on l'avait louée,
le propriétaire étant depuis long-temps
en Amérique.

Tous les historiens s'accordent à dire que celui qui trancha la tête à Charles Ier était masqué; mais aucun que nous sachions ne hasarde des conjectures sur ce personnage. Nous ne prétendons pas donner l'anecdote de lord Stair, comme une pièce qui doive fixer tout doute sur ce point historique; mais elle nous a paru assez curieuse pour mériter d'être mise sous les yeux de nos lecteurs.

———

LE SIFFLET,

Leçon donnée par Francklin à son neveu.

————

JE n'avais encore que sept ans, mon cher neveu, lorsque des amis de mon père voulurent bien me gratifier de quelques *coppées*, pour garnir mon gousset. Je courus avec empressement chez un marchand de joujoux. En chemin, je rencontre un enfant qui faisait retentir un *sifflet* dont les sons aigus charment mon oreille. Je lui offre en échange tout mon argent: il l'accepte. Ravi du marché, je revole sous le toit paternel; mon bonheur était au comble. Le bruyant instrument ne quittait plus mes lèvres,

Frères et sœurs, tous étaient excédés de l'entendre. Au récit du marché, on me dit que je l'avais acheté quatre fois trop cher. Ce peu de mots me fit ouvrir les yeux et je réfléchis combien de choses j'aurais pu me procurer avec ma bourse. On s'amusa de mes regrets ; on poussa même si loin la plaisanterie que je m'en fâchai. Enfin, mon chagrin trop tardif surpassa de beaucoup le plaisir que m'avait donné mon *sifflet*.

Cette leçon me fut toute fois utile par la suite. Il m'en resta une telle impression dans l'esprit, que je ne songeai jamais, dans le cours de ma jeunesse, à faire emplette de quelques bagatelles, sans me dire tout bas : *C'est trop cher pour un sifflet.*

Bientôt, lancé dans le monde et à portée d'apprécier les actions des hommes, j'en rencontrai un grand nombre qui me parurent *donner beaucoup trop pour un sifflet.*

Ici, je voyais un courtisan, avide des faveurs du prince et prodigue de son temps, attendre servilement un lever. Il sacrifiait son repos, sa vertu, sa liberté, et souvent jusqu'à ses amis pour obtenir un regard : *Ah !* disais-je, *cet homme là achète bien cher son sifflet !*

Là, j'en apercevais un autre cherchant à capter la bienveillance du peuple, se livrant aux affaires publiques, au point de négliger les siennes propres et de se ruiner : *Celui-là* disais-je, *paie encore beaucoup trop cher pour un sifflet.*

Quand je remarquais un avare insensible aux plus douces jouissances de la vie, et ne se procurant jamais le plaisir si délicieux de faire du bien à ses semblables, un homme enfin qui n'avait jamais ouvert sa bourse à un ami, et dont l'unique plaisir était d'entasser de l'or, je m'écriais : *Homme insensé! que tu paies cher ton sifflet!*

Voyais-je un épicurien sacrifier jour et nuit à ses goûts voluptueux, sans réfléchir qu'il dévorait sa fortune en même temps qu'il émoussait et blasait son esprit : *Comme il se trompe!* c'est au lieu du plaisir la peine qu'il poursuit. *Peut-on payer si cher pour un sifflet?*

Et cet être vain qui se ruine en ameublemens de luxe, en équipages au-dessus de sa fortune, qui contracte des dettes qui le conduisent à l'hôpital ou en prison : Hélas! *qu'il achète cher son sifflet!*

Quand un petit-maître, tout parfumé d'essences, se présentait à moi, que je le voyais écarter avec le plus grand soin le moindre grain de poussière de

6*

ses habits, toujours faits par le plus
habile tailleur, et d'après les modes
les plus nouvelles, et ramasser avec
délicatesse sur le devant de sa tête ses
cheveux frisés et hérissés d'une huile
antique, je trouvais qu'il *payait bien
cher son sifflet.*

L'autre jour encore, je vis un dra-
maturge qui, depuis six grands mois,
suait sang et eau pour débrouiller une
obscure intrigue, y répandre des
situations bien lugubres, espérant que
tout son auditoire fondrait en larmes
à un spectacle aussi lamentable. Je
haussais les épaules de pitié, en me
disant : *Voilà bien du temps perdu
pour être régalé d'un sifflet.*

Si j'apercevais une jeune beauté
peu favorisée de la fortune, mais
pleine de douceur et de sensibilité,
préférant un mari riche, mais brutal
et sans délicatesse, à un jeune homme

pauvre, mais qui l'aimait et qui l'aurait rendue heureuse : Quel malheur! disais-je, *qu'elle paie si cher son sifflet !*

En un mot, je me suis aperçu que la plupart des misères humaines ne proviennent que de ce que l'on ne sait pas apprécier les choses à leur juste valeur, et de ce qu'on *paie trop cher son sifflet.*

AUTRES ANECDOTES.

———

ELISABETH Plazet de Dameron fut séduite par Thomas Osby, gentil-homme anglais, que le cours de ses voyages avait conduit à Paris. Il avait promis à Elisabeth de l'épouser; lors-qu'elle le pressa de remplir cette pro-messe, il répondit qu'il était néces-saire qu'il se rendît en Angleterre pour obtenir le consentement de sa mère et pour terminer quelques af-faires. Il partit et ne tarda pas à ou-blier sa maîtresse, qui, lasse de son absence, ne recevant aucune nou-velle, prit le parti d'aller le chercher à Londres. Osby, apprenant son ar-rivée, alla voyager dans différentes provinces. La jeune personne résolut de demander justice à la reine Elisabeth; sa beauté lui ouvrit le chemin jusqu'à cette princesse à qui elle raconta son histoire. « Que ferez-vous, lui demanda la reine, si Osby refuse de vous épouser, tandis que les lois de mon royaume ne vous permettent point de l'y contraindre ? — Si je ne puis être son épouse, répondit la suppliante, je le poignarderai ; je prends des habits d'homme, je le poursuis partout, et ne me repose qu'après m'être vengée. — Vous attachez donc un bien grand prix à votre virginité? Si la mort seule de celui qui vous l'a ravie peut satisfaire une femme comme vous, quelle vengeance croyez-vous que pût désirer une reine ? — Dans tout ce qui regarde Dieu et l'honneur, madame, nous sommes toutes égales. — Mais quand une fois on a perdu sa virginité, c'est sans retour : il n'y a plus

de remède. — Si mon malheur veut
que je ne sois plus vierge, madame,
du moins, je suis toujours Elisabeth. »
On prétend qu'elle voulait dire qu'elle
n'était pas plus vierge que la reine, en
équivoquant sur le nom qui leur était
commun. La reine l'entendit de cette
manière et rompit cette conversation,
en lui disant : « Votre esprit mérite
que l'on fasse quelque chose pour
vous : j'aurai soin de votre personne et
de votre affaire. » En effet, elle manda
la mère d'Osby qui, enchantée de la
figure et de l'esprit de mademoiselle
Dameron, consentit avec joie à son
mariage avec son fils ; mais, dans ce
moment, il était malade à l'extrémité.
Il mourut quelques jours après, et on
assigna, en dédommagement, à l'in-
fortunée victime de sa séduction, une
pension de quinze cents livres.

Sir Richard Steele avait un jour invité plusieurs personnes de la première qualité à dîner chez lui. Les convives furent surpris de voir autour de la table une multitude de domestiques en livrée, empressés à les servir. Lorsque le dessert fut arrangé, et que les domestiques se furent retirés, quelqu'un de la compagnie demanda à sir Richard comment il pouvait garder chez lui un train aussi nombreux et aussi dispendieux. «Ce sont des coquins, répondit sir Richard, dont je ne serais pas fâché d'être débarrassé. — Et pourquoi ne les renvoyez-vous pas? — Cela n'est pas bien aisé; ces drôles sont des sergens qui se sont établis chez moi en vertu de plusieurs sentences que mes créanciers ont obtenues. Comme je ne puis les chasser, j'ai imaginé de leur donner ma livrée; ils me servent, et je mets ainsi à profit

leur séjour dans ma maison ; pendant
ce temps, mes créanciers me laissent
du répit. Les amis de sir Richard s'a-
musèrent beaucoup de cet expédient.
Ils payèrent les dettes de leur hôte
qui fut débarrassé de cette multitude
de valets d'une nouvelle espèce.

———

Le lord chef de justice Holt vit un
jour conduire à son tribunal, un malheureux accusé d'avoir volé sur les
grands chemins. Le crime fut prouvé,
et il le condamna à mort. En l'interro-
geant, il le reconnut pour un de ses
camarades de collége. Il ne put s'empêcher de lui demander des nouvelles
de quelques-uns de ses anciens condis-
ciples avec lesquels il avait été lié. «Que
sont devenus, lui demanda-t-il, Tom...
Williams.... John..., etc., qui étaient
de si bons compagnons, et avec qui

nous avons si souvent joué?—Ah! milord, répondit le voleur en poussant
un profond soupir, ils sont tous pen-
dus, excepté vous et moi. »

———

LE docteur Swift, ayant prêché un
jour en Irlande, dans le temps des assises, fut invité à dîner avec les juges
qui l'avaient entendu. Il s'était élevé,
dans son sermon, contre les avocats
qui soutiennent des causes qu'ils
croient intérieurement très-mauvaises.
Un jeune avocat ne manqua pas au
dessert d'attaquer le docteur sur ce
sujet. La dispute fut longue et l'avocat
la termina par cette question : « Si le
diable venait à mourir, ne trouverait-
on pas pour de l'argent, un ministre
qui ferait son oraison funèbre?—Sans
doute, répondit vivement le doyen :
je serais ravi d'en être chargé, et je

traiterais le diable comme j'ai traité
aujourd'hui ses enfans. »

———

POPE était à la campagne chez un
lord, lorsqu'on vint annoncer à ce
seigneur la mort d'un banquier de
Londres, décrié par ses usures. On
pria Pope de faire son épitaphe; il
la fit de la manière suivante :

> Ci-gît le corps de dix pour cent;
> Il y a cent à parier contre dix
> Que son corps ne gît pas si bien.

———

LE docteur Hough, mort évêque
de Worcester, réunissait toutes les
vertus d'un citoyen et d'un ecclésiastique; la douceur faisait le fond de
son caractère. Un jeune homme, dont

la famille était très-connue de l'évêque, passant un jour à Worcester, alla lui présenter ses respects. Il arriva à l'heure du dîner ; la salle était remplie de convives. Il fut reçu avec beaucoup de politesse et d'amitié. Le laquais qui lui avança une chaise, fit tomber un baromètre très-curieux, qui avait coûté vingt guinées, et qui fut brisé en mille pièces. Le jeune homme, affligé de l'accident dont il avait été la cause innocente, cherchait à excuser le domestique. Le prélat l'interrompit. *N'en parlons plus, dit-il en souriant, le temps a été très-sec jusqu'à présent, j'espère qu'enfin nous aurons de la pluie, car je n'ai jamais vu le baromètre si bas.* Le prélat était fort attaché à ce meuble : il avait alors quatre-vingts ans, et il conserva sa gaîté et sa douceur dans un âge où les infirmités changent ordinairement le caractère, et donnent de l'humeur aux vieillards.

———

Un jeune ecclésiastique d'un grand mérite et d'un savoir profond, mais sans emploi, prêcha un jour dans la cathédrale de Worcester, en présence de l'évêque, qui était le docteur Hough. Il fit un excellent discours et montra des talens rares. Le prélat, curieux de le connaître, lui envoya le bedeau de l'église, avec ordre de lui demander son nom, s'il avait un bénéfice, et dans quel lieu il vivait. *Présentez mes respects à milord*, répondit le prédicateur; *vous lui direz que mon nom est Louis; que je demeure dans la province de Galles, où je ne vis pas, mais où je meurs de faim.* L'évêque ne se borna pas à plaindre cet ecclésiastique; il le plaça sur-le-champ d'une manière avantageuse.

LE docteur King, archevêque de Dublin, se distingua par son savoir et son esprit. A la mort du docteur Lindsay, primat d'Irlande, il demanda sa place, à laquelle il avait droit par celle qu'il occupait et par son mérite personnel. Elle lui fut refusée, parce qu'il était trop vieux pour être élevé à la primatie. Cette raison de refus le mortifia, et il s'en vengea ainsi sur le docteur Boulter, son compétiteur, qui avait été préféré. Le nouveau primat vint lui faire une visite. L'archevêque le reçut dans sa salle à manger et sans quitter sa chaise. *Je suis certain que vous m'excuserez, milord*, dit-il froidement; *vous savez bien que je suis trop vieux pour me lever.*

L'IRLANDE se trouvant opprimée par le comte de Kildare, sous le règne de Henri VII, porta contre lui plusieurs chefs de plaintes au roi; ils étaient terminés par ces mots : *Enfin, l'Irlande entière ne peut gouverner ce comte ; c'est pour cela*, observa le roi, *qu'il est l'homme du monde le plus capable de gouverner l'Irlande;* et il le fit son lieutenant.

———

LE roi d'Angleterre, Charles II, à la suite d'un dîner où l'on avait fait circuler la bouteille, se mit à dire : « Quand on m'enterrera, quelque « lourd pédant fera mon épitaphe, où « il n'y aura pas un mot de vérité; « voyons, Rochester, faites-la : que « nous ayons un échantillon de votre « style lapidaire. » Aussitôt, Rochester, qui était à peu près en même état que le roi, prit son crayon et écrivit :

« Here lies our sovereign lord the king
   « Whose word no man reliedon;
« Who never said a foolish thing,
   « And never did a wise one. »

« Ci gît un prince, ami des gaillardises;
« Il ne fut jamais cru d'aucun de ses sujets;
   « En tout temps il fit des sottises,
   « Mais du moins il n'en dit jamais. »

LORSQUE le célèbre petit-maître Nash fut malade, le docteur Cheine vint le voir, et lui laissa son ordonnance. Le lendemain, le docteur lui demanda s'il l'avait suivie. *Non, de par tous les diables*, répondit Nash : *je me serais cassé le cou.* — Comment! — *je l'ai jetée par la fenêtre.*

ÉTANT à Bath, la princesse Amélie vit entrer dans la salle d'assemblée un officier remarquablement grand ; elle demanda qui c'était ; on le lui nomma, et l'on ajouta que, quoiqu'il eût pris du service dans l'armée, il s'était auparavant destiné à l'Église : *C'était donc pour servir de clocher*, répondit la princesse.

———

IL s'est formé en Angleterre une société de bienfaisance pour venir au secours des familles qui ne peuvent subvenir aux frais de leurs funérailles. L'objet de cette association est fort louable ; il est seulement fâcheux que le premier article de ses réglemens soit ainsi conçu : « Considérant qu'un « grand nombre de personnes éprou- « vent beaucoup de difficultés pour se « faire enterrer..... etc. »

M. SHARP, le chirurgien, ayant été appelé chez quelqu'un pour une trop légère blessure, envoya néanmoins son domestique chez lui en toute hâte, pour y prendre un tonique convenable. Le soi-disant malade, effrayé de cette précipitation, devint pâle, et demanda au chirurgien avec anxiété, s'il y avait quelque danger dans son cas. « Oui, monsieur, répondit « le chirurgien; si ce garçon ne court « pas à toutes jambes, il y a à craindre... « — Quoi donc, monsieur? — Que « la blessure ne soit guérie avant qu'il « soit de retour. »

———

UN personnage qui descendait la rue de Snow-Hill, qui est dans un quartier écarté de Londres, un soir d'été qu'il faisait très-chaud, vit un homme essoufflé, sans chapeau, quoique très-bien mis, et appuyé contre un poteau. Il s'approcha de lui poliment, et lui demanda ce qu'il avait. « Monsieur, répondit le particulier, « un impudent coquin vient de m'enlever « lever mon chapeau, et s'est sauvé ; « je l'ai poursuivi jusqu'à perdre ha- « leine, mais je suis au bout de mes « forces, et il me serait impossible de « faire un pas de plus, quand bien « même il irait de ma vie. — C'est « singulier, reprit l'autre ; de sorte « que si quelqu'un voulait vous enle- « ver votre perruque..... — Je serais « obligé de le laisser faire. — En ce « cas, poursuivit le drôle, je vais pro- « fiter de l'occasion. » A ces mots, il prend la perruque et s'en va.

———

Deux théologiens s'étant pris de de dispute au sujet de la Trinité, con-

vinrent de s'en rapporter au jugement
du célèbre M. Poote. Celui-ci n'ac-
cepta pas l'arbitrage, disant qu'il s'é-
tait fait une loi de ne jamais s'engager
dans les *affaires de famille*.

Après la prise de Vigo par les Anglais, un habitant de Londres eut l'ef-
fronterie de faire voir pour six sous
(douze sous) ce qu'il appelait les principales dépouilles enlevées de cette
ville. En conséquence, il offrait aux regards de la multitude un devant d'autel en argent, avec six figures d'anges; quatre apôtres et quatre autres
anges ayant des encensoirs; plus un
pot à eau bénite, une couronne enri-
chie de pierres précieuses, etc. Le
tout, disait-il, transporté de Vigo dans
la tour de Londres.

Dans l'enceinte du lieu où se donnait le grand bal masqué de l'opéra, on avait établi une salle de jeux de hasard. Un particulier y joua cinquante livres sterlings et les perdit; il en perdit encore cent cinquante autres sur parole, et, quand on lui en demanda le paiement, il déposa quatre rouleaux qui devaient contenir chacun cinquante guinées. On eut des soupçons, on les ouvrit, et l'on ne trouva que des demi-sous. Le fripon, arrêté aussitôt, déclara qu'il était homme de loi et parfaitement informé des peines décernées par l'autorité contre les jeux de hasard. Il avertit de plus l'officier qui s'était rendu maître de sa personne, de ne pas encourir la punition prononcée contre ceux qui se permettent, envers un sujet anglais, une arrestation illégale; et, quand on l'amena devant un magistrat, il obli-

gea ce respectable conservateur de la
tranquillité publique à reconnaître
qu'il ne pouvait rien faire de lui, et
en conséquence il fut renvoyé absous.

———

Un colonel anglais, connu par ses
singularités, ayant bu un jour plus
que de raison, ordonna à son domestique, qui était Irlandais, et nouvellement à son service, de lui apporter ses
pistolets. Le domestique obéit. Le colonel, après les avoir chargés tous les
deux en sa présence, ferma la porte
à clef, en commandant à ce valet de
tenir à la main une des chandelles pendant qu'il la moucherait avec une
balle. Les prières du domestique furent vaines ; il fallut se prêter à cette
fantaisie, et il le fit en tremblant. Du
premier coup le colonel réussit ; po-
sant alors son autre pistolet sur la ta-

ble, il allait ouvrir la porte ; lorsque
l'Irlandais saisit l'arme abandonnée et
lui cria : « A votre tour, milord,
voyons si je moucherai bien l'autre. »
En vain le colonel l'appelle maraud,
pendard, coquin. Les menaces furent
inutiles. L'Irlandais avait la force en
main ; le pistolet était bandé, et il si-
gnifia à son maître qu'il voulait être
obéi à son tour. Ayant donc pris le
chandelier, le colonel étendit le bras,
et le maladroit Irlandais, qui jouait à
ce jeu pour la première fois, au lieu
d'atteindre le but, enleva un bouton
du revers de l'habit de son maître à
qui cette leçon devint utile par la
suite.

RIEN n'est plus commun que de
rencontrer des gens qui emploient
toutes sortes de moyens pour exciter

la commisération publique ; mais peu
d'entre eux se sont avisés d'un strata-
gème aussi périlleux que celui dont on
va parler. Une femme assez bien mise,
âgée de trente à quarante ans, avait
pris, pour solliciter des secours, le
parti de se *pendre*. Quand elle avait
choisi le lieu qui lui convenait, elle se
passait une corde au cou, que bientôt
un homme aposté se hâtait de couper ;
il disparaissait alors du milieu de la
foule. Souvent quelques personnes
charitables transportaient l'intéres-
sante victime dans leur maison, où,
du moins, ils lui faisaient quelque aumône ; et, quand elle avait recouvré la
faculté de parler, elle leur apprenait
qu'ayant joui de quinze cents livres
sterlings, elle s'était mariée à un capitaine irlandais qui lui avait volé jusqu'au dernier sou : alors, le désespoir
l'avait portée au suicide. Cette femme

fit assez long-temps des dupes avant
que sa fraude fût découverte.

———

ON ne peut se figurer quelle était
l'abominable conduite des conduc-
teurs de voitures dans les environs
de Londres, au milieu du siècle dernier. Ces misérables s'attachaient avec
une persévérance, dont on n'a pas
d'exemple à renverser les cabriolets,
les chaises des particuliers, sans s'in-
quiéter des accidens funestes qui en
résultaient. Un de ces hommes per-
vers poursuivit une voiture avec la
sienne, absolument comme s'il eût été
un corsaire empressé de se rendre
maître de quelque riche vaisseau marchand. Il vint enfin à bout de son
mauvais dessein, et continua sa route
après avoir brisé cette chaise, où
étaient un gentelman et trois dames

qui allaient à Windsor. Ce qu'il y avait de plus odieux dans cette coutume, c'était que les propriétaires des voitures publiques encourageaient et récompensaient leurs cochers : souvent même ils corrompaient ceux des particuliers ; de sorte qu'il fut un temps où l'on ne pouvait sortir de Londres, dans son propre équipage, sans être à-peu-près sûr d'être blessé, ou même de perdre la vie sur la route. Ces événemens se multiplièrent tellement, qu'il fallut que le gouvernement prît contre les coupables des mesures sévères.

Des bateliers furent aussi pendant quelque temps de dangereux ennemis de la sûreté des citoyens. L'un d'eux, passager entre Queenhithe et Wind-

7*

sor, noya exprès, d'une seule fois, quinze personnes, après s'être long-temps moqué de leurs frayeurs et des prières qu'elles lui adressaient pour qu'il les mît à terre. Il se sauva seul à la nage; et, le lendemain, il eut l'im-pudence de se présenter chez la veuve du plus distingué de ceux dont il avait causé la mort. Il la trouva li-vree à une profonde tristesse, aussi bien que le reste de sa famille; il lui fit une histoire controuvée des causes du désastre, et termina en disant d'un ton suppliant, « qu'il espérait que sa « bonne dame voudrait bien lui don-« ner un demi-écu (trois francs) pour « boire à sa santé, et pour l'indemniser « d'une paire d'avirons et d'une voile « qu'il avait perdus le soir précédent, « lorsque son époux avait été noyé. » Il est triste et peu honorable pour les organes de la loi en Angleterre, que cet assassin n'ait pas expié son crime sur un échafaud.

―――――

UNE aventure très long-temps fameuse parmi le peuple de Londres, fut celle du *revenant de Cock-Lane*. Cet Esprit se fit entendre d'abord dans le lit d'une petite fille de douze ans, dont le père, appelé Parsons, était clerc de l'église du St.-Sépulcre. Au milieu des agitations et des tourmens qu'il paraissait faire éprouver à la *jeune innocente*, et à une petite sœur qu'elle avait, le mort déclara qu'il était l'âme d'une femme qu'un particulier du voisinage avait épousée, et ensuite fait périr par le poison. L'accusé venait de se remarier depuis six mois à une très-aimable personne qui lui avait apporté une dot de trois mille livres sterling. Il avait eu une seconde femme, aux jours de laquelle l'Esprit affirmait qu'il avait aussi attenté. Il fit toutes les démarches nécessaires pour découvrir une fraude aussi coupable, et démontrer son innocence. Des gens raisonnables le secondèrent, et on parvint à prouver que l'ecclésiastique, ennemi de cet homme, avait fait jouer cette pièce tragi-comique à sa fille qui était ventriloque. Il fut condamné à un emprisonnement de trois mois, et à trois jours d'exposition au pilori. Mais la populace, toujours aveugle dans ses jugemens, eut pitié de lui et lui fit de fréquentes aumônes.

———

Un homme d'un état respectable, père d'une dame de qualité, ayant, en 1753, passé quelques jours chez lord Darlingthon à la campagne, et prenant congé de lui le soir, lord

Darlingthon lui dit qu'il devait aller le
lendemain à une ville voisine, pour y
recevoir quinze cents livres sterlings.
Sur la demande qui lui fut faite s'il ne
craignait pas d'être volé, lord Darlingthon lui répondit qu'il n'avait aucune crainte à cet égard, étant toujours muni d'un mousquet bien chargé; là dessus ils se séparèrent, et le
premier partit à cheval de grand matin. Quelques heures après, lord Darlingthon, étant prêt à monter en chaise,
son domestique lui rapporte le mousquet, l'avertissant que, quoiqu'il fût
sûr de l'avoir chargé la veille, il avait
été fort surpris, en le visitant, de voir
qu'il avait été déchargé, sans qu'il pût
découvrir qui pouvait l'avoir fait.
Après quelques recherches inutiles à
ce sujet, le mousquet fut chargé de
nouveau. En revenant au château,
lord Darlingthon est arrêté sur la route

par un homme à cheval, le visage couvert d'un crêpe noir, qui, le pistolet à la main, lui demanda son argent : sur quoi lord Darlingthon feignant de le chercher, prend son mousquet, et lui brûle la cervelle. Cela fait, il descend de la chaise avec son valet de chambre; mais quel fut son étonnement, en examinant le visage du voleur, de reconnaître celui qu'il avait logé, et dont il s'était séparé la veille ! Il défendit à ses domestiques de faire jamais mention de ce fatal événement, et, avertissant à la barrière prochaine, il laissa là le soin de le faire enterrer. Les domestiques ou le postillon ne gardèrent apparemment pas le secret, car la chose fut bientôt divulguée, et tout ce que l'on put dire de plus favorable pour le défunt, fut, qu'il avait peut-être voulu s'amuser en faisant peur à lord Dar-

lingthon ; mais si tel était son dessein,
il se trouva la victime de sa mauvaise
plaisanterie.

PARMI les établissemens où des
abus très réprehensibles se sont commis à Londres, sont comprises plusieurs maisons particulières où l'on
renfermait des personnes qu'on disait
atteintes de folie. Il résulte d'un grand
nombre d'exemples que, dans un pays
ou l'on montre en général un très-
grand respect pour la liberté indivi-
duelle, des parens, des maris parvin-
rent quelquefois à exercer impuné-
ment de cruelles vengeances.

Le docteur Battie, célèbre pour sa
science dans tout ce qui était relatif à
l'aliénation d'esprit, rapporte l'aventure d'un particulier qu'il visita dans
la maison de fous d'un nommé Mac-

donald. Le docteur pense qu'il avait
déjà été plusieurs années dans cet état
de réclusion. Ce Macdonald avait invité M. Battie, d'après le désir d'un
parent du malade, à venir le visiter.
Le docteur trouva ce malheureux en-
chaîné dans son lit ; il n'avait eu,
jusque-là, le secours d'aucun médecin.
Quelque temps après, M. Battie, ayant
été appelé chez une des personnes de
la famille du prétendu fou, on lui dit
que Macdonald n'avait reçu aucun
ordre pour le faire venir près du malade. Le docteur conclut qu'on l'avait
fait disparaître. En effet, il n'en entendit plus parler, jusqu'à ce qu'un
jour Macdonald lui dit que cet homme
était mort de la fièvre, sans avoir été
assisté d'aucun autre médecin, et qu'il
avait laissé en mourant une somme
d'argent au docteur qui avait pris soin
de lui.

Ces traits d'inhumanité devinrent assez nombreux, et l'on présenta un bill au parlement, pour soumettre à un réglement les maisons de fous dans la Grande-Bretagne.

APRÈS avoir composé son *Tom-Jones*, le célèbre Fielding, dont les finances étaient en fort mauvais état, était sur le point de vendre son manuscrit à un petit libraire de Londres, pour la somme de vingt-cinq livres sterlings (six cents francs), lorsque Thompson, l'auteur des *Saisons*, à qui il en avait lu une partie, l'engagea à rompre ce marché. Thompson parla de l'ouvrage de son ami à André Millars, l'un des plus riches libraires de Londres, qui, à la première entrevue, dit à Fielding : « J'aime à terminer ces « sortes d'affaires sur-le-champ ; je

« vous donnerai pour votre manuscrit
« 200 livres sterlings et pas un pen-
« ning de plus. » Etonné de tant de
générosité, le pauvre auteur consentit
avec joie, et le contrat fut signé par
les deux parties. Millars, ayant beaucoup gagné par le débit de *Tom-Jones*,
se montra reconnaissant, et prêta à
Fielding tout l'argent dont il avait besoin. Ce généreux libraire fit plus ;
peu avant sa mort, il se fit remettre
toutes les quittances de notre auteur
et les brûla. Il y en avait pour une
somme de 2,500 livres sterlings
(60,000 francs).

SAUMAISE ayant été choisi pour défendre la mémoire du malheureux
Charles Ier., roi d'Angleterre, commença ainsi cette apologie : « Anglais,
« qui vous renvoyez les têtes des rois

« comme des balles de paume, qui
« jouez à la boule avec des couronnes,
« et qui vous servez de sceptres
« comme de marottes, etc. (1)

———

On rapporte que le général Fairfax,
l'un des régicides qui conduisirent à
l'échafaud l'infortuné Charles Iᵉʳ, au
lieu de signer simplement l'infâme
sentence de sa mort, imagina un
moyen de se disculper, au besoin, de
ce crime. Il écrivit, sans aucune ponc-
tuation, au bas de la sentence, ces paroles : *Si omnes consentiunt ego non
dissentio* ; se réservant de les inter-

———

(1) Un nommé Descaseaux fit, il y a plus
d'un siècle, une tragédie de Cromwel, dans
laquelle se trouvent ces deux vers :

Barbare nation, dont les sanglans couteaux
Coupent la tête aux rois et la queue aux chevaux !...

préter par la suite, suivant l'occasion, en les ponctuant ainsi : *Si omnes consentiunt, ego non : dissentio*, au lieu de les ponctuer conformément au sens naturel qui se présente d'abord, et qui était sûrement sa pensée dans le moment : *Si omnes consentiunt, ego non dissentio.* Par ce honteux subterfuge, il joignit à son crime la plus lâche duplicité.

———

Le docteur Busby avait mis dans sa chambre de belles grappes de raisin qu'il réservait pour son déjeûner. Un de ses enfans, tout jeune encore et très-espiègle, saisit ces grappes et cria : *Je publie les bans de mariage entre ces grappes et ma bouche; si quelqu'un a de justes causes d'empêchement qui s'opposent à ce que ma bouche et ces grappes se conjoi-*

gnent, *qu'il le déclare.* Aussitôt il les mange.

Le docteur, qui entendait et qui voyait le résultat de cette espiéglerie, sort d'une chambre voisine, armé de l'instrument du supplice ; il saisit notre étourdi, en criant à son tour : *Je publie les bans entre cette verge et les culottes de ce petit garçon.* Il allait achever la formule des bans : *J'empêche*, dit le jeune polisson. — *Pourquoi*, répond le père ? — *C'est que les parties ne sont pas d'accord.* Le docteur rit de la saillie de son fils à qui elle valut la grâce.

Un ministre anglais voulant exciter son auditoire à des actes de charité, disait que les personnes fortunées qu'il avait sous les yeux ne manqueraient pas dans la circonstance, de faire assaut de générosité; qu'il dispensait celles qui avaient peu de moyens; que, quant aux autres, il ne recevrait pas moins d'une guinée de chacune. En ce moment beaucoup de gens, par différens motifs, s'empressèrent de faire briller la pièce d'or : un lord mal aisé, parce que l'œil de son boucher était fixé sur lui; un négociant, parce qu'il avait près de lui un banquier chez lequel, dans le jour même, il voulait faire escompter son papier; le futur époux d'une riche héritière qu'il avait amenée, et à qui il ne cachait rien que le véritable état de ses affaires, etc. Par ce moyen, la collecte du ministre fut telle, que ses espérances furent surpassées.

———

Un célèbre médecin hollandais, établi à Londres depuis longues an-

nées, le docteur Vanblebten, passant
sur la place appelée *Gros - Venor-
Square*, s'arrêta à considérer un charlatan qui, dans une superbe calèche à
quatre chevaux, avec plusieurs domestiques magnifiquement vêtus, attirait une foule immense, et faisait
une énorme distribution de ses dro-
gues. Informé de sa demeure, il le fait
prier de passer le lendemain matin
chez lui. Le charlatan s'y rend. « Mon-
« sieur, lui dit le docteur, je vous
« entendis annoncer hier publique-
« ment que vous aviez d'excellens
« remèdes pour toutes sortes de ma-
« ladies, en auriez-vous pour la cu-
« riosité ? En vous regardant attenti-
« vement, j'ai cru vous reconnaître,
« et je ne peux me rappeler où nous
« nous sommes vus. — Monsieur, il
« me sera très-aisé de vous satisfaire.
« J'ai servi plusieurs années chez mi-

« lady Waller, où vous veniez assi-
« dûment ; j'étais son premier laquais,
« et l'ai quittée depuis trois ans, pour
« exercer le métier dans lequel vous
« me voyez. — Vous excitez de plus
« en plus ma curiosité. Comment est-
« il possible que des talens acquis en
« trois ans vous ayent procuré les
« moyens d'entretenir l'état brillant
« que vous me paraissez avoir, tandis
« qu'exerçant ma profession depuis
« quarante ans avec la plus grande
« application, et j'ose dire avec quel-
« que célébrité, je peux à peine en-
« tretenir mon petit ménage ? — Mon-
« sieur, pour que je puisse répondre
« directement à votre question, me
« permettriez-vous de vous en faire
« quelques unes ? — Volontiers. —
« Vous demeurez dans une des rues
« les plus fréquentées de cette ville :
« Combien croyez-vous qu'il y passe

« passe de monde par jour ? — Cela
« serait difficile à compter ; mais, esti-
« mation arbitraire, à peu près dix
« mille. — J'accepte ce calcul comme
« juste. — Eh ! combien pensez-vous
« que, dans ces dix mille, il y ait de
« gens de bon sens ? je ne dis pas d'es-
« prit, car tout le monde en four-
« mille. — Ah! vous m'embarrassez en
« distinguant l'esprit du bon sens ; et
« si sur les dix mille il y en a cent de
« cette dernière espèce , c'est beau-
« coup. — Eh bien ! monsieur , vous
« avez répondu vous-même à votre
« question. Les cent personnes de bon
« sens sont vos pratiques ; les neuf
« mille neuf cents sont les miennes. »

————————

LE club des Tristes à Londres est
un de ces établissemens auxquels on
ne peut pas refuser un caractère vrai-

ment national. On varie sur l'époque
de sa fondation et sur le nom du fon-
dateur; mais les doutes élevés à ce sujet n'ont pas empêché la curiosité de
s'exercer sur le nombre et le genre de
ses statuts. Un des principaux articles
de ses constitutions est celui qui ex-
clut de la société quiconque serait con-
vaincu d'avoir ri une seule fois dans
sa vie. La rigueur avec laquelle s'observait cette condition d'éligibilité,
n'avait pas empêché la société de s'accroître considérablement, contre les
intentions des membres directeurs;
en conséquence, ils viennent d'arrêter que les candidats seraient soumis à
de nouvelles épreuves. Il ne suffit
plus de n'avoir jamais ri, chose dont
tout véritable Anglais peut venir à
bout; il faut encore prouver que l'on
est doué d'un sérieux capable de tenir
contre les choses les plus plaisantes ou

les plus ridicules. On soumet, par
exemple, le récipiendiaire à l'épreuve
de la lecture des journaux ministériels;
il faut qu'il entende sans rire les plans
de campagne du ministère, le rapport
officiel des armées anglaises, les mesures de finances du comité royal, etc.
Depuis l'établissement de ces nouveaux réglemens, il ne s'est encore
trouvé que deux membres qui aient
triomphé de la difficulté, et ces deux
membres sont deux ministres. L'un
d'eux vient d'être nommé président
et a eu pour lui la presque totalité des
voix. Cette circonstance a paru digne
de fixer sur lui l'attention publique,
et sa physionomie a été gravée et ré-
pandue en Europe avec profusion.

L'HEUREUSE RÉUNION,

PAR FRIEDRICHZEN.

JE me promenais un soir en rêvant, au pied du célèbre mont Gargano; je revenais de la chasse, fatigué d'avoir épié, tout le jour, le vol bruyant des bécasses; j'allais me reposer sous un chêne: il était dix heures. La lune éclairait un paysage pittoresque: je l'admirai comme on admire à vingt ans. A cet âge de prestige et de bonheur, tout nous apparaît à travers les riantes couleurs dont la jeunesse orne l'imagination. Pourquoi faut-il que, dans l'âge mûr, la raison détruise sans les remplacer les bienfaisantes il-

lusions du printemps de la vie? Hélas! la lumière de cette tyrannique
déité renverse sans retour le frêle édifice de nos jouissances ; et, semblable
à la foudre, elle détruit en éclai-
rant.

Rien n'est peut-être comparable à
une belle nuit d'Italie, à ces nuits ro-
mantiques dont le voile transparent et
vermeil embellit, plus qu'il ne la ca-
che, la séduisante Hespérie. Je sentais
retentir dans mon âme le murmure
insensible de mille sons divers et
inexplicables, qu'on entend le soir au
milieu des champs, lorsqu'on garde
un parfait silence. J'apercevais dans
le lointain les montagnes majestueuses
qui dominent l'Abruzze, et leurs ci-
mes glacées, que la pâle lueur des é-
clairs de chaleur illuminait à chaque
instant. J'entendais par intervalle le
bruit sourd des vagues, et le cri ef-

frayant et solitaire du butor (1). Des
cygnes qui volaient du côté de la mer,
planaient au-dessus de ma tête, et je
distinguais à demi les accens touchans
des rossignols cachés dans les bran-
ches touffues de quelques oliviers
dont le feuillage était argenté par le
clair de la lune. Je regardai autour de
moi, avec l'ardent désir de trouver
un ami qui pût sentir et partager mon
enthousiasme. Des amis ! m'écriai-je en
soupirant. En ai-je conservé? Peut-être
le destin du compagnon de leurs jeux
a-t-il cessé de les intéresser, parce
qu'il n'a su rencontrer que l'ennui
dans ces villes, dans ces rues insi-
pides et uniformes où les amis traî-
nent leur existence. Cette crainte

---

(1) Gros oiseau aquatique qui, en mettant
son bec dans l'eau, fait un bruit à peu près
semblable au mugissement d'un taureau.

d'être oublié me fit éprouver, dans
toute son étendue, la sensation pénible
d'un isolement complet.

L'univers me parut un désert, le
chant du rossignol une plainte funèbre ; j'écoutais avec effroi le bruit des
flots ; une mélancolie vague oppressa
mon sein , et je me levai lentement,
en fixant les yeux avec tristesse sur
les nuages qui me dérobaient alors là
clarté de la lune. Ils se dissipèrent,
et soudain la lune brilla d'un nouvel éclat. O surprenante mobilité
d'une tête vive et sensible ! Les ta-
bleaux sublimes que la nature étale devant nous , ne peuvent-ils donc nous
frapper que lorsqu'ils brillent de la lumière que nos sensations leur prê-
tent ? ou bien est-ce uniquement leur
influence sur nous qui détermine la
nature de nos sensations ? Ma tristesse
s'évanouit ; mes idées s'éclaircirent ra-

pidement: je marchai à grands pas vers
la lisière du bois, et plus j'en appro-
chais, plus cette solitude enchanteresse
reprenait de nouveaux charmes à mes
yeux. L'azolier, le limonier, le buis-
son ardent paraissaient entre les oliviers, et des groupes de lauriers au
vert obscur, à la fleur rose, s'élevaient au-dessus de ces oliviers argen-
tés, dont la teinte douce et pure embellit au suprême degré les champs
et les bois de ces belles contrées.

J'aperçus au fond d'un taillis une
figure blanchâtre, dont je ne pus dis-
tinguer exactement la forme; incer-
tain, je m'arrêtai; la figure blanche
parut s'émouvoir. Je crus un moment
que c'était un jeu de mon imagination;
mais enfin, voulant m'en éclaircir, je
m'avançai doucement entre les bran-
ches, et bientôt je pus voir une
jeune fille vêtue de blanc. Elle tenait

une lyre, et s'appuyait contre un arbre ; sa beauté, sa jeunesse, ses for-
mes gracieuses et légères, lui donnè-
rent à mes yeux quelque chose d'aé-
rien, de céleste, qui acheva de revêtir
le paysage qui m'entourait d'un
charme presque magique. Elle chantait à demi-voix, je l'écoutai avec ex-
tase :

Assise au pied d'un amandier fleuri,
La lyre en main, ainsi chantait Elvire :
Je vous salue, agréable zéphire,
L'été brûlant par vous est adouci.

Salut encor, bocages et vallons,
Champs fortunés, ravissantes campagnes,
Et vous surtout, échos de nos montagnes,
Qui répétez si souvent nos chansons.

Quels doux parfums je respire en ces lieux !
Le vent de l'est autour de moi pénètre ;
Son souffle pur me donne un nouvel être :
Il rafraîchit ce bois délicieux.

Le mont fameux dans mille chants divers,
Le Gargano, couronné de nuages,
Bravaut le temps, la foudre et les orages,
Devant mes yeux monte au milieu des airs.

8*

Non loin de lui, les vagues en courroux
Vont se briser et blanchir sur la rive ;
Et près de moi la colombe plaintive
M'apprend qu'on peut regretter un époux.

Salut aussi, belle étoile du soir,
Dont la clarté sur ma tête étincelle.
Que les accords de ma lyre fidèle
Disent ici combien j'aime à te voir !

Ton doux aspect vient réjouir mon cœur,
O toi qui brille à la voûte azurée ;
Tu sais me plaire autant que la rosée
Plaît, au printemps, à la naissante fleur.

Le nom d'amour me fit toujours trembler,
Mais si, plus tard, sa puissante influence
Doit agiter ma paisible existence,
Astre des nuits, je viendrai t'en parler.

Le chant cessa ; mais la jeune beauté continua de parcourir légèrement les cordes de sa lyre ; de temps en temps un rossignol gazouillait doucement, comme s'il eût voulu répéter les accens mélodieux de l'inconnue ; ensuite il se taisait subitement, et je lui attribuais le désir d'écouter comme moi les accords que

formait la belle chanteuse. L'attention
que je leur donnais, m'empêcha d'a-
percevoir que j'étais épié : tout-à-coup
un jeune homme, armé d'un poignard,
s'élança vers moi. « Vous êtes perdu,
« si vous faites le moindre mouve-
« ment ! s'écria-t-il ; pourquoi vous
« cachez-vous si près de ma sœur ?
« — O Dio !» s'écria la chanteuse. Je fus
un peu interdit de cette apostrophe,
parce que je m'étais blotti entre des
buissons, de manière à ne pouvoir
ni remuer, ni me défendre, ni saisir
mon fusil que j'avais posé à quelques
pas de moi ; il fallut donc me résoudre
à parlementer. « Prenez mon fusil,
« dis-je à mon adversaire, et gardez-
« le jusqu'à ce que vous soyez con-
« vaincu de l'innocence de mes des-
« seins. Cette proposition, qu'un assassin n'aurait sûrement pas faite, parut calmer l'étranger ; il m'écouta :

je lui dis qu'il m'eût été impossible
de ne point tâcher d'entendre de
près la voix mélodieuse de sa charmante sœur, et que je n'avais cherché à me dérober à sa vue qu'afin
d'éviter de l'effrayer par ma présence; ensuite je le priai en souriant
de jeter un coup d'œil sur mon
porte-feuille, pour s'assurer de mon
nom , de mon état , etc. Il y vit
des lettres de recommandation pour
les meilleures maisons d'une ville voisine. Cela lui fit sentir toute l'étendue
de sa méprise; il me conjura de la lui
pardonner; il remit son poignard à sa
ceinture, et courut vers sa sœur qu'il
me ramena l'instant d'après, en la
priant d'intercéder en sa faveur. La
belle enfant était encore pâle et tremblante; cependant elle parut partager
avec plaisir la sécurité de son frère, et
me pria instamment d'oublier la ma-

nière dont nous venions de faire connaissance. « Convenez cependant, me
« dit-elle , qu'un homme qui se glisse
« entre des buissons à onze heures
« du soir, avec un fusil à la main,
« doit paraître un être dangereux au
« premier aspect. » Je causai quelques minutes avec ces jeunes gens,
et j'allais prendre congé d'eux, quoique le frère m'eût supplié de les accompagner à leur *villa*, lorsque l'aimable chanteuse prit mon fusil des
mains de son frère, et me dit en riant :
« N'espérez pas prendre la fuite, che-
« valier déloyal ; mon brave protec-
« teur vous a vaincu ; vous êtes mon
« prisonnier, et condamné par les lois
« de l'honneur à obéir à la princesse
« que vous vouliez enlever. »

Charmé d'avoir à subir une si douce
punition, je suivis l'auguste princesse,
et me chargeai de porter sa lyre. Le

triste instrument auquel j'avais tant
de grâces à rendre, la fit souvenir de
sa chanson ; elle me demanda en rougissant si je l'avais entendue. Je la lui
récitai pour réponse. « Voilà qui est
« cruel ! me dit-elle ; une pauvre
« jeune fille ne peut donc s'entretenir
« confidemment avec personne, pas
« même avec les étoiles ! Mais com-
« ment trouvez-vous cette cantate ? »
J'allais parler, elle m'interrompit vivement pour me dire : « Je vous préviens
que j'en suis l'auteur, afin que vous
n'alliez pas l'examiner trop sévère-
ment : ce qui nous embarasserait fort
l'un et l'autre. — Signora, lui dis-je,
ma mémoire n'est-elle pas le garant
de tout le plaisir que j'ai eu à vous
entendre ? — Je veux bien le croire,
par amour-propre, » répondit-elle.
Ensuite elle voulut savoir ce qui m'a-
vait plu davantage dans ses chants.

J'allais lui répéter *le nom d'amour*,
etc. « Ah ! taisez-vous ! s'écria-t-elle ;
je vous assure que je supprimerai
dorénavant ces vers indiscrets......
— Et vous enleverez alors à vos idées
leur charme le plus touchant, » lui
dis-je avec émotion. Nous arrivâmes
à l'entrée d'un casin magnifique,
dont les portiques étaient ombragés
par de hauts peupliers. Don Giovani
nous précédait en rêvant. « Il faut
convenir, mon frère, s'écria la chanteuse, qu'on n'est pas trop en sûreté
sous votre appui. Si mon prisonnier
s'était révolté ? — On aime à se laisser
dominer par vous : je le sais par expé-
rience, lui répondit son frère en souriant. — Quelle galanterie ! répartit
dona Carolina. Je suis charmée que
vous deveniez si aimable dans ma société. » Je jugeai alors convenable
de me retirer ; mais la belle cantatrice

ne, m'en laissa point la liberté : elle
joignait ses instances à celles de son
frère pour m'engager à rester quelques jours avec eux, et prétendit que
celui qui avait assez de loisir pour
épier ses chansons au péril de sa vie,
devait avoir tout le temps nécessaire
pour écouter ses discours en prose.
« Ce qui est mon fort ! » ajouta-t-elle.
Nous entrâmes dans un salon élégam-
ment décoré; les peintures qui l'or-
naient représentaient des traits pris
dans l'histoire des héros de Rome, et
les croisées qui étaient ouvertes, lais-
saient pénétrer dans l'appartement
l'odeur balsamique des jasmins d'Espagne, du seringat et des orangers
qui croissaient autour du salon. On
nous servit à minuit un souper
somptueux dont le silencieux Giovani fit les honneurs avec une politesse un peu contrainte, pendant que

son aimable sœur déployait toutes les grâces de la gaîté. »

Dona Carolina avait dix-huit ans, un teint vermeil , de grands yeux noirs pleins de feu et de malice ; le jeu piquant de sa physionomie embellissait ses moindres paroles ; ses cheveux noirs et lustrés flottaient en boucles sur sa ceinture ; elle était faite comme Hébé, et tout l'attrait de son âge et de son caractère était répandu sur sa personne. Je vis parfaitement que jamais beauté aussi frappante n'avait attiré mes regards ; mais je sentais que mon cœur restait *libre* près de l'éblouissante Caroline. J'eus l'injustice de la trouver trop naturelle, trop espiègle, trop spirituelle, trop fine peut-être. Lorsque le hasard me la fit voir, il me fallait un être mélancolique, abattu, pensif, malheureux même ; oui, en vérité, malheureux, afin que je pusse

jouir de l'ineffable satisfaction de sé-
cher ses pleurs, d'écouter en gémis-
sant les soupirs plaintifs que cet être
romanesque eût adressés à la silen-
cieuse Phébé, et de lui découvrir cet
attendrissement exalté que me causait
une vue d'Italie prise au clair de
la lune. Je crus l'avoir trouvé en apercevant Carolina; sa cantate me pa-
raissant renfermer quelques médita-
tions, je crus que les objets qui nous
entouraient et auxquels elle ajoutait
elle-même leur plus grand prestige,
lui apparaissaient sous le même point
de vue qu'à moi : s'il eût été vrai, l'a-
mour eût sans doute succédé à ces
sensations sympathiques. Mais hélas !
dona Carolina n'était point romanesque; elle riait, elle causait, malgré
le silence solennel de la nature, comme si nous eussions été en plein midi.
Je fus désolé de la trouver si fort au-

dessus de l'influence des objets exté-
rieurs sur nos sentimens. Je prévis
qu'elle rirait, si je m'avisais de lui dire
que l'instant d'auparavant, j'avais ver-
sé des larmes en me perdant dans la
contemplation des brouillards obscurs
du passé et de la sombre nuit de l'a-
venir ; je devinai qu'une plaisanterie
désespérante serait son unique réponse...., et mon cœur resta libre près
de l'éblouissante Carolina.

Combien son frère m'intéressait davantage ! Don Giovani, à la fleur de
l'âge, paraissait succomber sous le
poids d'une peine secrète ; son extrême pâleur qui voilait des traits char-
mans, l'accablement qu'on lisait dans
ses beaux yeux bleus, sa démarche
incertaine et lente, tout en lui commandait la pitié d'une manière irrésis-
tible. Sa sœur le badinait de temps en
temps sur ses profondes distractions,

mais c'était avec tant de douceur et de
ménagement, qu'il était facile de pré-
sumer qu'elle craignait de toucher une
corde trop sensible. A la fin du repas,
il me pria de lui permettre de s'absen-
ter quelques instans. Lorsque je fus
seul avec Carolina, elle me demanda
si je n'étais point surpris de voir que,
dans la paisible demeure de don Giovani, on faisait de la nuit le jour. Je
n'osais l'interroger; elle reprit en souriant : « Nous suivons l'exemple de
« l'oiseau de Minerve, nous dormons
« le jour et nous ouvrons de grands
« yeux toute la nuit. Maintenant que
« le souper nous a délassés de notre
« première promenade, nous allons
« en faire une seconde qui durera
« jusqu'au lever de l'aurore. Ce ren-
« versement de l'ordre ordinaire est
« le seul soulagement que mon frère
« ait trouvé contre des chagrins cui-

« sans, » ajouta-t-elle sérieusement.
Je lui témoignai avec vivacité tout
l'intérêt qu'il m'inspirait; elle en parut touchée, et, après un silence de
quelques minutes, elle reprit la parole en ces termes :

« Don Giovani était, il y a deux
« ans, le cavalier le plus accompli du
« royaume de Naples (s'il est per-
« mis à sa sœur de lui rendre cette
« justice); mais vous n'en pouvez
« plus juger. Nous perdîmes nos pa-
« rens à l'époque du mémorable trem-
« blement de terre qui bouleversa la
« Calabre. J'avais alors un an, mon
« frère comptait à peine cinq années.
« Nous restâmes seuls héritiers de
« l'immense fortune de notre famille.
« Mon frère eut le bonheur de devoir
« son éducation à l'un de ces êtres
« rares qui joignent à la plus tendre
« indulgence des principes inaltéra-

« bles et des connaissances approfon-
« dies dans tous les genres. Le pré-
« cepteur de mon frère avait survé-
« cu à ses parens, à ses amis, à sa for-
« tune; il ne souhaitait plus rien sur
« la terre que la suprème félicité de
« son élève. Les caprices du destin,
« les événemens les plus bizarres,
« avaient donné à son caractère un
« certain penchant à l'exaltation, qui
« le portait à parler avec véhémence
« de tous les sujets qu'il traitait. Sa
« brûlante éloquence enflammait le
« cœur de son élève, et lui apprenait
« à chérir avec idolâtrie tout ce qui
« est noble et grand dans la nature.
« L'amour de la patrie devint la pas-
« sion dominante de mon frère, et ses
« héros favoris furent Mucius-Scœ-
« vola et Régulus.

« Enfin Don Giovani put devenir
« utile à son pays; il demanda et ob-

« tint du service. Cette même année
« fut douloureusement marquée par
« la mort de notre digne instituteur,
« que je chérissais aussi comme un
« père. Mon frère était capitaine de-
« puis quelque mois, et attendait im-
« patiemment les occasions de se signa-
« ler, lorsque la fortune des armes
« tourna entièrement contre nous.
« L'armée française venait de paraître
« sur nos frontières ; don Giovani, fi-
« dèle à son Roi, allait combattre sous
« ses étendards, et se réjouissait de se
« voir enfin sur le champ de bataille
« avec les descendans des anciens Sam-
« nites. Ce jeune et brave guerrier se
« sentant animé du génie héroïque de
« ses aïeux, n'imaginait même pas la
« possibilité d'être vaincu. Quelle fut
« son indignation lorsqu'il vit fuir ces
« soldats qu'il avait jugés invincibles !

« Furieux, inconsolable, il défendit
« avec quelques braves un défilé très
« important ; mais bientôt blessé dan-
« gereusement, on le transporte pres-
« que sans connaissance dans une cam-
« pagne voisine de Naples, où j'étais
« alors chez une amie. Dès que je fus
« instruite de la déplorable situation
« de mon frère, je courus vers lui
« pour le soigner ; mais c'était moins
« de ses blessures qu'il s'occupait que
« des revers de l'armée. Vous peindre
« sa profonde consternation me serait
« impossible. « O Rome ! ô ma patrie !
« s'écria-t-il souvent, les yeux bai-
« gnés de larmes : que sont devenus
« tes premiers enfans ? Qui te rendra
« ton ancienne énergie ? » Aussitôt que
« mon frère fut convalescent, il ré-
« solut d'abandonner Naples. « Je ne
« puis vaincre seul, s'écria-t-il ; ainsi

« je me bornerais désormais à des
« vœux solitaires pour la prospérité
« de ma patrie.

« Don Giovani me demanda de le
« suivre dans le casin que nous pos-
« sédons au pied du mont Gargano,
« et il me promit de me donner une
« aimable compagne. La belle Laura
« est l'ornement de la ville d'Ortona,
« je savais que mon frère l'adorait, et
« qu'il en était tendrement aimé;
« je fus ravi d'apprendre que leur
« union allait se conclure, et que nous
« habiterions cette vallée délicieuse,
« où sans doute la paix et le bonheur
« nous suivraient. Il partit pour Or-
« tona, afin d'aller chercher sa char-
« mante épouse, et j'attendis son re-
« tour à Naples avec une impatience
« inexprimable. Les idées les plus
« riantes occupaient mon imagina-
« tion, je me peignis avec l'enthou-

2.

« siasme de la jeunesse le sort heu-
« reux dont nous allions jouir. Enfin
« ma gaîté ne fut jamais plus vive que
« le jour désigné pour l'époque du re-
« tour de mon frère. Ah! quelle diffé-
« rence entre le matin et le soir de ce
« jour terrible! Don Giovani arriva,
« se jeta sur un siége, sans m'écouter,
« sans m'embrasser; la pâleur de la
« mort couvrait son front, et je m'a-
« perçus avec terreur qu'il était privé
« de sa raison.

« Le fidèle domestique qui l'avait sui-
« vi, m'apprit son infortune. Don Gro-
« vani entrait dans Ortona avec l'em-
« pressement du plus ardent amour,
« lorsqu'il fut frappé tout-à-coup du
« désordre épouvantable qui régnait
« dans cette ville. On lui apprit qu'un
« corsaire algérien, dont les voiles et
« le pavillon s'apercevaient encore
« du rivage, avait fait une incursion

« pendant la nuit dans cette malheu-
« reuse ville. Les Barbares, après
« avoir assassiné ceux qui voulaient
« résister, emportaient d'immenses
« trésors ; et plusieurs habitans de la
« ville étaient devenus leurs esclaves.
« Don Giovani se précipita vers la
« demeure de Laura; il trouva son tu-
« teur sans vie; il apprit que les cor-
« saires venaient d'enlever l'objet de
« son amour. Mon frère, hors de lui
« et l'esprit déjà aliéné par cette af-
« freuse nouvelle, courut vers le rivage
« et se jeta dans la mer en tendant
« les bras vers celle qu'il perdait sans
« retour. Des pêcheurs se saisirent de
« lui; et, à l'aide de son domestique,
« on le transporta dans une hôtellerie.
« Une fièvre ardente le prit à l'instant ;
« un délire continuel lui représentait
« Laura expirante; il fut plusieurs
« jours entre la vie et la mort. Enfin

« il se rétablit ; mais plongé dans une
« effrayante apathie, gardant un si-
« lence obstiné, et se livrant parfois
« à une douleur convulsive ; il ré-
« couvra sa santé sans retrouver sa
« raison ni le repos. Notre ancien ser-
« viteur parvint cependant à le ra-
« mener dans Naples, à l'aide de
« plusieurs subterfuges ; mais le lende-
« main de son retour, quelques inter-
« valles de raison lui rendirent son
« désespoir, et il faillit succomber aux
« accès multipliés d'une fièvre qui ré-
« sistait à tous les secours de l'art. Les
« soins assidus de la tendre amitié par-
« viendront seuls à le sauver, me dit
« un habile médecin: faites-le voyager;
« tâchez de l'attendrir, de lui arracher
« des larmes, peut-être alors pourra-
« t-il retrouver ses facultés. » J'au-
« rais donné ma vie pour sauver mon
« frère. Je promis avec ferveur de la

« lui consacrer, dussé-je être con-
« damnée pour toujours à ne plus
« voir en lui que l'ombre animée du
« malheureux don Giovani.

« Nous partîmes pour nous rendre
« ici ; afin d'éviter la chaleur, nous
« voyagions pendant la nuit. Je m'a-
« perçus que le calme et la fraîcheur
« qu'elle répand semblaient alléger
« les maux de mon frère ; je profitai
« de cette remarque pour l'engager à
« se reposer le jour. Nous arrivâmes
« dans cette agréable retraite où s'é-
« tait passée notre heureuse enfance ;
« ce fut alors que j'employai tous les
« moyens que mon cœur put me
« suggérer, pour amollir celui de
« mon frère : mes soins les plus ten-
« dres ne pouvaient attirer son atten-
« tion. Je tentai un jour de nommer
« *Laura* devant lui ; ce nom chéri fit
« sur son âme une impression aussi

« rapide que profonde ; il tressaillit et
« me regarda. Je pris ma lyre, et lui
« chantai un air que Laura avait jadis
« composé pour lui : tout-à-coup il
« se jeta dans mes bras en versant
« un torrent de larmes, et je le jugeai
« sauvé. Cette crise salutaire fut sui-
« vie d'un long évanouissement. Lors-
« qu'il revint à lui, je lui montrai des
« lettres de Laura, son portrait ; je lui
« parlai d'elle : il versa des larmes en
« abondance ; il me comprit enfin,
« et sa douleur, s'exhalant dans le sein
« de l'amitié, cessa d'altérer sa raison.
« Depuis cette époque, il a repris in-
« sensiblement tout le jugement et
« toutes les qualités morales dont la
« nature l'avait doué ; mais la clarté
« du jour l'agite et l'importune : c'est
« pour lui l'instant du sommeil ; il
« aime à errer, au milieu de la nuit,
« dans les bois qui nous entourent. Je

« Je suis toujours dans ses promenades
« nocturnes ; le son de ma lyre le
« console et lui plaît ; mon enjoue-
« ment le distrait quelquefois ; il
« trouve des charmes à observer avec
« moi le coucher et le lever du soleil ;
« son désespoir a fait place à une som-
« bre mélancolie ; mais peut-être un
« jour lui verrai-je plus de sérénité ;
« et quelle sera ma joie, si j'ai pu y
« contribuer ? Il lit maintenant quel-
« ques lettres de Laura. Bientôt il son-
« gera à sa seconde promenade, et
« vous nous accompagnerez, si vous
« pouvez vous résoudre à renoncer
« au repos pendant l'espace d'une
« nuit entière. »

J'avais écouté le récit de Carolina
avec la plus tendre admiration « Ah !
« me dis-je en soupirant, Carolina
« n'est point romanesque ; elle est
« bonne et compatissante ; elle a le

« cœur tendre, la tête sage, l'esprit
« vif, naturel et gai : heureux, mille
« fois heureux *celui dont elle par-*
« *lera à l'étoile du soir!* »

Don Giovani revint : son regard
avait pris une teinte d'égarement ; il
était facile de voir qu'il venait de ver-
ser des pleurs ; il me salua avec dis-
traction. Combien je compatis à sa
peine ! Combien je fus touché du baiser que sa sœur lui donna, en le priant
gaîment de faire une promenade avec
nous sur le bord de la mer ! Elle se
tournait en même temps vers moi
pour prendre mon bras. Don Giovani
observa que je devais être accablé de
lassitude : elle assura vivement le contraire, et je fus ravi de la voir ainsi
s'emparer de moi.

Nous sortions du salon lorsque nous
entendîmes frapper avec violence à la
porte d'entrée ; on ouvrit. Nous dis-

tinguâmes le pas léger d'une femme
qui demanda d'une voix entrecoupée :
« Où est donc Giovani ? » Il jeta un
cri perçant : Laura entra, et son amant
tomba sans connaissance à ses pieds.

Qui oserait tenter de dépeindre l'indicible félicité de don Giovani au
moment où, en reprenant ses sens, il
se trouva dans les bras de sa chère
Laura et de Carolina ? On parvint enfin à s'expliquer; mais ce fut avec bien
de la peine que Laura retrouva assez
de calme pour nous communiquer ses
malheurs.

« Mon infortuné tuteur venait d'ex-
« pirer sous mes yeux, nous dit Laura;
« deux Algériens m'enlevèrent dans
« leurs bras, malgré mes cris et ma ré-
« sistance ; et déjà je voyais avec an-
« goisse le vaisseau sur lequel ils vou-
« laient s'embarquer, lorsque nous
« entendîmes plusieurs coups de fusil

9*

« à quelques pas de nous. Des habitans
« d'Ortona cherchaient à se défendre
« contre la cupidité des corsaires ;
« ceux qui m'entraînaient me posè-
« rent à terre et coururent au bruit,
« espérant sans doute profiter de l'obs-
« curité pour joindre de nouveaux
« trésors à ceux qu'ils avaient dérobés
« à mes compatriotes.

« Je rassemblai mes forces et mon
« courage, et l'effroi me donnant des
« ailes, je courus toute la nuit, le long
« du rivage, pour tâcher de gagner
« Termoli. J'y arrivai en effet le len-
« demain, au point du jour ; mais j'étais
« mourante de fatigue et de frayeur,
« et je n'eus que la force de me jeter
« aux pieds d'une amie de mon tuteur,
« en la conjurant de prendre pitié de
« moi. Elle me prodigua pendant
« quinze jours des soins maternels :
« sans elle je n'existerais plus. Une

« maladie dangereuse m'avait mise au
« bord du tombeau ; mais ma conva-
« lescence fut plus douloureuse en-
« core : car ce fut alors que je sus tout
« ce que mon bien-aimé Giovani
« avait souffert à Ortona.....

« Craignant pour votre santé et
« même pour votre précieuse exis-
« tence, succombant sous le poids des
« alarmes les plus vives, je résolus
« d'aller vous rejoindre à Naples, et
« j'eus la douleur d'apprendre en ar-
« rivant que vous n'y étiez plus. Je
« voulais repartir à l'instant ; on me
« retint pour remplir les formalités d'u-
« sage dans un gouvernement qui com-
« mence à s'organiser. Je voulus du
« moins écrire ; on me dit que, par
« des mesures indispensables en temps
« de guerre, le cours des postes était
« intercepté momentanément. Hélas !
« que pouvais-je objecter ? L'amour,

« le tout-puissant amour ne peut ce-
« pendant bouleverser les lois d'un
« empire !

« Ces délais, et mille autres encore,
« remplirent l'espace d'un mois, le
« mois le plus long, le plus cruel de
« toute ma vie. Enfin, j'obtins les pa-
« piers nécessaires pour continuer
« mon voyage, et je vois maintenant
« que l'on ne meurt ni de chagrin, ni
« d'impatience, ni même de joie.
« Ah ! » s'écria-t-elle en souriant tendrement à don Giovani et en fixant
sur lui ses grands yeux baignés de
larmes, « ah ! si je n'avais pas eu la
« certitude que dona Carolina était
« ici, et que Giovani possédait en
« elle la plus aimable consolatrice,
« j'aurais tout bravé pour arriver plus
« tôt. Je me serais déguisée, je serais
« venue à pied, j'aurais risqué ma
« vie s'il l'eût fallu, je..... »

Don Giovani interrompit Laura par un baiser plein d'ardeur. « Amour, pensais-je alors, quel divin coloris tu répands sur la beauté de Laura! Ah! si Carolina aimait ainsi! » Je les contemplai toutes deux ; les joues brûlantes de la belle Laura, ses yeux parlans, le désordre de ses idées, l'ivresse de sa joie, l'abandon voluptueux qui régnait dans tout son être, ses grâces entraînantes firent palpiter mon cœur. Telle est la brillante rose qui fixe et séduit les yeux ; mais Carolina, Carolina, si naïve, si calme, si parfaite, me parut un ange de lumière, libre comme lui des passions impétueuses, et comme lui dispensant le bonheur.

Peu de jours après je quittai cette heureuse famille ; j'en garderai un souvenir éternel.

L'INTÉRÊT PERSONNEL,

CONTE.

—

QUEL est donc ce sentiment qu'on nomme intérêt personnel, et auquel on fait tant de reproches? se disait *Tibur*, négociant anglais. Il n'est point d'effet sans cause ; par conséquent, il existe un principe de toutes nos actions, qui ne peut nous être étranger : je voudrais le connaître ; je voudrais l'apprécier, pour ne point en abuser dans le cours de ma vie.

Au lieu de se perdre en longs raisonnemens qui n'auraient pas éclairé la question, *Tibur* se détermina à observer les hommes. Bientôt il apprit qu'un homme riche avait couvert de

son manteau un malheureux sans vêtemens, et le mobile de cette action
lui parut très-estimable. Il apprit presque aussitôt que cet homme riche se
promenait sans manteau sur la place
publique, et il soupçonna que le petit
intérêt de faire parler de lui obscur-
cissait un peu cette bonne action.

Tibur réfléchissait sur ce mélange
de bien et de mal, lorsqu'il entendit
près de lui un homme qui répondait
à un autre : *Je ne puis vous obliger ;
ce que vous me demandez m'est nécessaire pour vivre. Tibur* dit : « Voilà
le végétal : où est l'homme sensible ? »

Le lendemain notre négociant vit
entrer chez lui un homme de sa connaissance, très affligé, qui lui dit :
« J'étais dépositaire d'une somme ap-
« partenant à la république. Une
« femme que j'idolâtre, m'a prié de
« lui en prêter une partie pour quel-

« ques jours seulement : j'ai résisté à
« son desir ; mais depuis j'ai prêté la
« totalité de ces deniers à un ami qui
« vient de mourir insolvable. Je suis
« perdu, homme sensible, si vous ne
« venez promptement à mon se-
« cours. » Le négociant donna sur-le-
champ la somme, et se dit à lui-même :
*Qui fait le plus ne fait pas toujours
le moins.*

Un autre jour, il rencontra une fille
très-belle, demandant l'aumône au
déclin du jour, dans une rue de Londres. Il l'accueillit, et il lui conseillait
de travailler plutôt que de mendier,
quand un homme lui cria : *Qui que
tu sois, fais l'aumône à cette fille
courageuse, et admire sa vertu ; elle
ne serait pas ici à t'importuner si le
prix de son travail et de ses veilles
avait suffi à la subsistance de son
père infirme et de ses jeunes sœurs, à*

qui elle sert de mère. « Cela est su-
blime, dit *Tibur*, j'en avais jugé diffé-
remment. »

Il continuait d'observer, lorsqu'il
lut cette anecdote dans les annales du
Japon. Un tribunal de justice avait
promis une somme considérable à celui qui découvrirait l'auteur d'un
meurtre nouvellement commis. Trois
frères formèrent le projet héroïque de
profiter filialement de cette circonstance. Après avoir tiré au sort, deux
d'entre eux se rendirent, sous un
nom supposé, accusateurs du troisième, dans le dessein de porter ensuite leur récompense à leur pauvre
mère ; ce dernier trait acheva de fixer
les idées de *Tibur*.

Tibur se dit donc : « *Croyons aux*
« *actions, et soyons lents à en inter-*
« *préter les motifs.* Un vil motif peut
« inspirer une noble action, et un

« motif magnanime, une action en
« apparence répréhensible. Il peut
« exister de la vertu dans un refus,
« et de la faiblesse dans un sacri-
« fice ; l'impulsion naturelle, quoique
« bonne, doit être nécessairement
« modifiée par les relations diverses
« que la société entraîne. L'intérêt
« est épuré, qui respecte cet ancien
« principe : *Fais à autrui ce que tu*
« *voudrais qu'on te fasse.* Il ne pour-
« rait y avoir d'intérêt personnel qui
« ne déplût à personne, que celui qui
« serait utile à tout le monde.

PARABOLES

Traduites de l'allemand, de Frédéric-Adolphe Krummacher.

NATHAN.

NATHAN, le prophète et le sage docteur de Salem, était assis au milieu de ses disciples ; et les paroles de la sagesse et de la science coulaient de ses lèvres comme du miel.

Gamaliel, un de ses disciples, lui dit : « Maître ! d'où vient que nous recevons tes leçons avec tant de plaisir ? D'où vient que tout le monde recueille avec empressement les paroles de ta bouche ? »

L'humble docteur sourit : « Ne sais-tu pas, répondit-il, que mon nom signifie *donner* ? Les hommes reçoivent volontiers, pourvu que l'on s'entende à leur présenter ce qu'on leur donne. »

« Et comment t'y prends-tu ? » demanda Hillel. Et Nathan répondit : « Je vous présente un fruit d'or dans une écorce d'argent. Vous recevrez l'écorce, mais ensuite vous trouverez le fruit. »

Un autre jour, Gamaliel interrogea le sage Nathan et lui dit : « Maître! pourquoi nous enseignes-tu en paraboles ? »

Nathan répondit : « Écoute, mon fils; lorsque je fus parvenu à l'âge d'homme, la voix de Dieu se fit entendre à mon cœur. Elle me disait d'instruire le peuple, de rendre témoignage à la vérité, et l'esprit de Dieu se reposa sur moi. Alors je laissai croître ma barbe ; je me vêtis d'un habit grossier ; je me montrai dans les places publiques, et je reprochai au peuple avec amertume ses vices et ses défauts ; mais tout le monde prit soin de m'éviter : nul ne prenait à cœur mes reproches, ou bien chacun les appliquait à son voisin.

« La colère s'alluma dans mon sein ; je sortis un soir de la ville ; je me retirai sur la montagne d'Hermon. La nuit disparut ; des vapeurs balsamiques s'élevèrent. L'orient brillait d'un éclat doux et charmant ; de légers brouillards flottaient au sommet de la montagne et humectaient doucement le terrein. Les hommes se répandirent gaîment dans les campagnes, les yeux tournés vers l'orient. Bientôt le jour descendit du Ciel ; le soleil parut dans sa gloire ; les gazons couverts de rosée réfléchirent ses rayons.

« Je m'arrêtai pour jouir de ce spectacle. Mon cœur éprouvait une émotion inconnue. La brise du matin s'éleva, et dans son murmure j'entendis la voix du Seigneur. Elle me disait : «Regarde, Nathan ; c'est ainsi que le Ciel envoie aux enfans de la terre le plus précieux, le plus salutaire de ses dons, la lumière du jour.»

« En descendant la montagne, continua le prophète, l'esprit du Seigneur me conduisit sous un grenadier. L'arbre était grand et touffu ; il portait en même temps des fleurs et des fruits.

« Je m'arrêtai sous son ombrage ; je contemplai ses fleurs, et je dis : « Qu'elles sont belles ! que leur incarnat est brillant ! il ressemble au souffle de l'innocence sur les joues fleuries des filles d'Israël.... » Je m'approchai davantage ; je me baissai pour considérer une branche de plus près, et j'aperçus une grenade magnifique au milieu des feuilles qui la cachaient.

« Alors la voix du Seigneur me parla du milieu de l'arbre : « Vois-tu, Nathan, comment la nature donne l'espérance du fruit dans la modeste fleur ? Vois-tu comment elle te l'offre en cachant sa main dans l'ombre du feuillage ? »

« Et alors, poursuivit le sage Nathan, je repris courage, et je retournai à Salem. Je me dépouillai de mes vêtemens grossiers ; je parfumai mes cheveux, et j'enseignai la vérité avec douceur et en paraboles ; car la vérité est sérieuse et a peu d'amis : c'est pourquoi elle aime à être revêtue d'habillemens simples et gais, afin de se faire des amis et des disciples. »

LA PEUPLADE NAISSANTE.

A une époque plus reculée que les dernières bornes de l'histoire, une famille qui fuyait les persécutions de l'un des plus cruels tyrans de l'Asie, se réfugia dans un pays sauvage et ceint de montagnes inaccessibles. Les chefs de la famille y périrent sans avoir pu élever leurs enfans. Ceux-ci survécurent comme par miracle, et devinrent la tige d'un petit peuple qui s'accrut dans l'ignorance et dans la simplicité. Ils avaient peu de besoins et peu d'idées ; mais il leur restait une tradition confuse d'un être puissant qui se nommait Dieu. Ils ne savaient ni où existait cet être, ni quelle était sa figure, ni comment il agissait ; mais ils honoraient comme leur Dieu le torrent qui descendait des montagnes dans leur vallée, car ils buvaient de son eau ; le pays ne leur en offrait pas d'autre, et le bruit de cette eau les effrayait.

Tout à coup le torrent se grossit par la fonte des neiges ; il inonda la vallée, entraînant après lui les hommes et leurs habitations. Ils tremblèrent alors devant leur dieu, et ils dirent : « Il est irrité contre nous. Allons, ne balançons pas ; aussitôt qu'il nous donnera de nouveaux signes de sa colère, consacrons-lui ce que nous avons de plus cher. » Ainsi parlèrent les hommes du peuple, et ils résolurent, aussitôt que le torrent recommencerait à grossir, d'apaiser son courroux en précipitant dans ses flots leurs enfans en bas âge. Les parens pleurèrent, et attendirent en tremblant le jour fatal du sacrifice ; et la superstition détruisit ainsi les plus tendres sentimens de leurs cœurs.

Le jour du sacrifice arriva, et les parens amenèrent en tremblant les tendres victimes; mais un étranger parut tout à coup au milieu d'eux. Il se nommait Maho, c'est-à-dire fils de la mer, et il leur dit : « Voulez-vous au mal ajouter le pire ? Pourquoi sacrifier des victimes innocentes ? Combattez plutôt le torrent. « Mais le peuple recula d'étonnement et de crainte. Plusieurs disaient : « Il blasphème Dieu. »

Cependant l'étranger portait une lyre; il en fit résonner les cordes et chanta. Alors le peuple se rassembla autour de lui, et suivit en joyeux tourbillons, les sons de sa lyre jusque dans la montagne. A son exemple, ils déracinèrent des rochers; et, les rangeant sur les bords du torrent, ils en formèrent une digue. Au retour du printemps, les neiges fondirent encore; le torrent grossit; mais il gronda vainement, et ne put franchir les bornes qu'on venait de lui prescrire.

Tout le peuple fut dans l'admiration, et l'on s'écria : « Maho! le fils de la mer, est dieu! » Mais il leur dit en souriant « : Si cela est, vous êtes tous des dieux; car vous avez vaincu le torrent par vos propres forces : il ne vous manquait que de les connaître. Sondez votre cœur, exercez ses facultés, et vous commencerez à connaître Dieu. »

« Où est-il? Où habite-t-il? » demandèrent mille voix confuses. Maho ne leur répondit pas, mais il leur apprit à cultiver les champs et à planter des arbres. Ils remarquèrent que la pluie et la rosée fertilisaient les campagnes et amenaient la bénédiction

d'en-haut. Alors ils se dirent : « Dieu
est là-haut ; les nuages sont sa tente,
et c'est d'en-haut qu'il fertilise les vallons. Offrons-lui de nos fruits, afin
qu'il descende. » Ils construisirent un
foyer sur une colline ; ils mirent le feu
aux prémices de leurs fruits, pour
que la fumée s'élevât, et en portât l'o-
deur à leur Dieu ; car ils disaient : « Il
demeure en-haut, le ciel est sa maison,
et les nuages sont sa tente. »

Cependant, quoiqu'ils n'eussent de
Dieu qu'une connaissance bien impar-
faite, la vallée devint de plus en plus
belle, de plus en plus fertile, et le peuple
était heureux dans sa simplicité. Mais
le désir de voir l'être inconnu devint
aussi de plus en plus grand, et ils dirent au sage Maho : « Fais-nous une
image qui puisse nous faire penser à
lui, car il ne veut pas descendre. »
Maho sourit, et leur sculpta une

image de forme humaine. Ils la pla-
cèrent sous une tente, et appelèrent
la tente, la maison de Dieu. Dès ce
moment ils ne demandèrent plus où
Dieu habitait, ni ce qu'il était; car ils
prirent bientôt l'image pour Dieu
même. Ils lui servirent leurs mets les
plus exquis; ils mangèrent et ils burent;
ils rabaissèrent ainsi l'Être-Suprême,
et se rabaissèrent en même temps.

Ceci déplut au sage étranger, et il
dit au peuple : « Vous allez voir si c'est
là le puissant Inconnu. » Aussitôt il mit
le feu à la maison de Dieu, qui fut con-
sumée avec l'image. Le peuple s'écria :
« Non, l'image n'est pas Dieu! » Et il demanda de nouveau : « Où pourrons-
nous donc le trouver? » L'étranger leur
dit: « Regardez autour de vous. Les arbres et les plantes naissent et fleurissent
en silence, et la terre enfante toutes sortes de productions. Un souffle invi-

sible la ranime et la pénètre jour et nuit.
Vous ne connaissez cependant ni la figure ni la nature de ce souffle qui vi-
vifie la montagne et la vallée, les hommes et les animaux... » Le peuple n'at-
tendit pas le reste. « Nous le savons à
présent, s'écria-t-on de tous côtés:
Dieu est le souffle! Il enveloppe la
terre; il habite dans le sein des hommes et des animaux. »

Mais le sage leur répondit: «Ne vous
embarrassez ni du nom ni de la figure. Soyez bienfaisans l'un avec l'autre, comme ce souffle qui pénètre
tout; alors l'être inconnu viendra à
vous de lui-même. »

Dans ce temps-là il s'éleva parmi le
peuple, un homme plein d'orgueil et
d'envie, qui devint jaloux du sage
étranger. Il le haïssait parce que le
peuple l'honorait, et le peuple appelait cet homme Zalmi, c'est-à-dire le

sombre, car il s'éloignait de tout le monde avec un air sombre et chagrin.

Tout à coup un monstre formidable parut dans la vallée ; c'était un énorme lion venant des montagnes ; il atta - quait les animaux et les hommes, et retournait à son antre après s'être bai- gné dans le sang. Les habitans crurent que c'était un être surnaturel sorti de dessous la terre, et ils se cachèrent dans leurs cabanes pour l'éviter ; mais le sage étranger leur dit : « Il faut aller au-devant du monstre. » Il marcha le premier, et on le suivit.

Comme ils passaient devant la ca- bane de Zalmi, celui-ci se montra, insulta l'étranger, et dit au peuple : « Il va vous conduire tout droit à la gueule du monstre, afin que votre nombre diminue et qu'il lui soit plus facile de vous gouverner. Le monstre et lui sont d'intelligence. »

Le sage étranger se tut, mais le peuple fut effrayé.

Cependant Zalmi avait un fils âgé de deux ans, qui jouait auprès de sa cabane. Tout à coup le lion se précipite de son repaire en rugissant. Le peuple, épouvanté, recule. Le lion court sur l'enfant, la gueule écumante. Zalmi et la mère au désespoir n'osent le secourir. Maho seul s'élance au-devant de l'animal furieux, l'étourdit d'un coup de massue et achève de l'étouffer dans ses bras. Épuisé de fatigue et couvert de sang, il a encore la force de relever l'enfant et de le rapporter à son cruel adversaire. Le père et la mère se prosternèrent alors devant lui, et lui dirent, en versant des larmes : « Non, nous ne sommes pas dignes de lever les yeux jusqu'à toi. »

Le peuple vint aussi et voulut adorer le vainqueur du lion. « Es-tu donc un homme? lui disaient-ils. Es-tu l'Être inconnu sous une forme humaine, toi qui exerces tant de bonté envers ton ennemi, toi qui méprises ta propre vie lorsqu'il s'agit de faire le bien?..»

Ainsi parlait le peuple; mais le sage étranger leur dit : «Mes enfans, je suis homme comme vous. Une voix secrète qui parle à mon cœur m'a commandé l'action que je viens de faire. Une voix pareille parle aussi dans vos cœurs.. C'est pour cela que vous louez plutôt mon action que ma force. Cette voix s'est fait aussi entendre au cœur de Zalmi qui me haïssait; c'est pour cela qu'il s'est prosterné la face contre terre, et qu'il a pleuré. Et voyez: cette voix parle déjà au cœur de son fils; car il entoure mon cou de ses petits bras, et il me caresse. Mes amis, c'est-là le souffle et la voix de l'Être invisible. Obéissez à ses commandemens, et

10*

vous le connaîtrez mieux lui-même ; car la Divinité n'est nulle part aussi près de nous que dans nôtre cœur. »

Et tout le peuple s'écria : « Nous reconnaissons à présent qu'il ne s'agit ni de la demeure, ni de l'image, ni du nom. »

Depuis ce temps ils rendirent à l'Être invisible le culte de la foi et de l'amour, avec la simplicité de l'enfance. Leurs yeux s'ouvrirent toujours davantage, et ils ne demandaient plus : « Qu'est-ce que Dieu ? Où habite-t-il ? »

LA JACINTHE.

EMILIE s'affligeait de ce que l'hiver durait trop long-temps ; elle aimait beaucoup les fleurs, et avait un petit jardin où elle cultivait elle-même les plus belles. C'est pourquoi elle attendaít avec impatience la fin de l'hiver et le retour du printemps.

Son père lui dit : « Ecoute, Emilie : je t'apporte un ognon d'une belle fleur; mais il faut que tu donnes les plus grands soins à sa culture. — Comment le pourrais-je? répondit Emilie. La terre est couverte de neige et aussi dure qu'un rocher. » Et elle parlait ainsi, parce qu'elle ignorait que l'on pût élever aussi des fleurs dans un vase ; car elle ne l'avait jamais vu. Son père lui donna donc un petit vase rempli de terre ; elle y mit sa plante ; mais elle regarda son père en souriant, et avec l'air de douter que sa proposition fût sérieuse. Elle pensait que les fleurs avaient besoin de l'azur du ciel et de l'haleine des zéphyrs, et ne pouvait croire qu'un si beau prodige pût s'opérer entre ses mains.

La simplicité de l'enfance s'unit tou-

jours à la modestie, et ne connaît
pas son pouvoir.

Au bout de quelques jours, la terre
se gonfla dans le vase ; de petites feuilles vertes la soulevaient sur leur pointe,
et commençaient à se montrer au jour.
La joie d'Emilie fut extrême ; elle courut annoncer la naissance de la jeune
plante à son père, à sa mère, à toute
la maison.

Et sa mère dit : « Qu'il faut peu de
chose pour réjouir le cœur, tant qu'il
demeure fidèle à la simplicité et à la
nature ! »

Emilie se mit alors à arroser la plante ;
puis elle la contempla avec complaisance et en souriant.

Le père s'en aperçut, et lui dit :
« Très-bien, mon enfant ; après la
pluie et la rosée, le soleil doit paraître,
Des yeux rayonnans de bienveillance
donnent un nouveau prix au bienfait

que présente la main. La plante doit venir à bien, mon Emilie. »

Biéntôt les feuilles sortirent tout-à-fait de la terre, et leur verdure brilla du plus doux éclat. La joie d'Emilie s'accrut encore. « Oh! dit-elle, avec effusion de cœur, je serais encore assez contente, quand même la plante ne fleurirait pas. »

« Aimable modération ! s'écria le père. Heureux celui qui sait se contenter ! Il est juste, ma fille, qu'il te soit donné plus que tu ne demandes : c'est la récompense de la modération et de la candeur. » Et il lui montra le germe de la fleur qui se cachait encore parmi les feuilles.

Les soins et l'affection d'Emilie augmentaient de jour en jour, à mesure que la plante se développait. Elle l'arrosait de ses mains délicates, et demandait sans cesse si l'eau n'était pas trop froide, s'il n'y en avait pas eu trop peu. Lorsqu'un rayon de soleil donnait sur la fenêtre, elle se hâtait d'y porter son vase, et elle soufflait avec précaution la poussière qui s'était attachée aux feuilles; ainsi la rose est caressée par le vent salutaire du matin.

Et la mère s'écriait : « Oh ! quelle pure alliance de la douce innocence avec le plus tendre amour ! »

Emilie s'endormait le soir en pensant à sa jeune plante; elle y pensait encore en se réveillant le matin. Souvent elle vit en songe la jacinthe fleurie; alors elle allait la voir à son lever, et sans se chagriner de s'être trompée, elle disait en souriant: «Cela viendra.» Quelquefois aussi elle demandait à son père, de quelle couleur elle serait; et quand ils les avaient toutes passées en revue, elle réprenait avec gaîté: «Peu m'importe la couleur, pourvu qu'elle fleurisse. »

Et le père disait à son tour : « Douce imagination ! Qu'ils sont purs les jeux aimables dont tu t'amuses avec l'amour innocent et la naïve espérance ! »

Enfin, la jacinthe fleurit dès le grand matin, douze clochettes s'ouvrirent. On les voyait comme suspendues, fraîches et brillantes, entre cinq larges feuilles vertes comme l'émeraude. Les fleurs étaient d'un rose tendre, pareil au reflet de l'aurore ou au teint délicat d'Emilie. Elles exhalaient une odeur balsamique. C'était une belle matinée de mars.

Emilie, à genoux devant la fleur, ne se lassait point de contempler cette magnificence ; elle avait peine à en croire ses yeux, et jouissait de son bonheur en silence.

Son père entra dans cet instant. Il

vit sa fille et la jacinthe. « Emilie , lui dit-il avec attendrissement, tu es pour nous ce que cette fleur est pour toi.»

Aussitôt l'aimable enfant se leva et sauta au cou de son père. Elle le tint long-temps embrassé, et lui dit ensuite, à voix basse : «O mon père ! puissé-je me développer comme elle , et vous rendre tout le plaisir qu'elle m'a donné ! »

———

LES NOMS DE DIEU.

Lorsque Alexandre , fils de Philippe , était à Babylone, il fit venir les prêtres de tous les peuples et de tous les pays qu'il avait vaincus, et les assembla dans son palais. Il s'assit ensuite sur son trône , et leur demanda : « Reconnaissez-vous et adorez-vous un Etre-Suprême et invisible ? » Tous les prêtres, et ils étaient en grand nombre, s'inclinèrent, et lui répondirent : « Oui. »

Le roi leur demanda encore : « Quel est le nom que vous lui donnez ? » Le prêtre de l'Inde répondit : « Nous l'appelons *Brama*, c'est-à-dire, ce qui est grand.» Le prêtre de Perse : « Nous le nommons *Ormus*, c'est-à-dire, la lumière primitive. » Le prêtre de Judée : « Son nom est *Jehovah Adonaï*, le Seigneur qui est, qui a été, et qui sera.» Ainsi, chaque prêtre avait un mot et un nom particulier, par lequel il désignait l'Etre-Suprême.

Alors le roi se mit en colère, et leur dit : « Vous n'avez qu'un seul roi, un seul maître ; à l'avenir, vous ne devez plus avoir qu'un Dieu, et c'est Jupiter qu'il se nomme. »

Ce discours affligea les prêtres, et ils dirent au roi : « Le nom que nous t'avons dit, est celui que notre peuple

donne à Dieu depuis un temps immé-
morial. Comment pouvons-nous le
changer ? »

Mais la colère du roi devint encore
plus grande. Et alors un vieux sage
en cheveux blancs, un bramine qui
avait accompagné le monarque à Babylone, s'avança, et lui demanda la
permission de parler à l'assemblée ;
puis se tournant vers les prêtres, il
leur dit : « L'astre du jour, la source
de la lumière terrestre, éclaire-t-il
aussi votre pays ? »

Tous les prêtres s'inclinèrent, et
répondirent : « Oui. »

Le bramine les interrogea l'un après
l'autre, et leur demanda comment ils
le nommaient. Chacun lui dit un nom
différent qui était celui que l'astre du
jour portait chez son peuple, et alors
le bramine s'adressant au roi : « Ne
faut-il pas aussi qu'à l'avenir ils don-

nent tous le même nom à cet astre, et l'appellent *Helios* (1) ? »

A ces mots le roi rougit, et dit ces paroles : « Que chacun se serve du nom qui appartient à sa langue, et qui est en usage dans son pays. »

M. C., V.

---

(1) Nom grec du soleil.

HISTOIRE

DES AMOURS DE L'HIRONDELLE,

Par M. Dupont de Némours.

L'HIRONDELLE est un petit oiseau
que les cultivateurs regardent comme
très-utile, parce qu'il mange les in-
sectes qui dévorent les récoltes; les tuer
est un sacrilége dans plusieurs cantons
de la France, dans le nord de l'Europe
et dans l'Amérique septentrionale, etc.
Il y en a de plusieurs espèces; les
quatre connues en France sont: l'*hi-
rondelle-martinet* (hirundo ëpus),
qui est noire, avec la gorge blanche:
c'est la plus grosse; elle fait son nid
dans les trous des murailles, vole très-

rapidement et très-haut, arrive la dernière, et part la première.

L'*hirondelle de fenêtre* (hirundo urbica) est blanche, avec le dessus de la tête bleuâtre, les aîles et la queue noires ; elle n'arrive qu'après la suivante, fait son nid dans les angles des fenêtres, des corniches, etc.

L'*hirondelle de cheminée* (hirundo rustica) a le dessus du corps d'un noir bleuâtre, la gorge rousse et le ventre blanc ; elle fait son nid dans les cheminées, sous les portes des fermes, les rebords des toits, dans les chambres peu habitées : c'est l'espèce la plus abondante, la plus familière ; qui arrive la première et part la dernière.

L'*hirondelle de rivage* (hirundo reperia) a le dessus d'un brun cendré, et le dessous blanc, avec une bande d'un blanc cendré sur la poi

trine; elle fait son nid dans un trou,
qu'elle creuse dans les rivages sablon-
neux, coupés à pic : c'est la plus petite; elle arrive et part avec le *mar-*
tinet.

Elles ont la langue fendue, pondent
ordinairement cinq œufs; leur gazouillement, d'abord agréable, de-
vient ennuyeux par la monotonie.
Leur vol est rapide et tortueux;
leur élévation dans l'air annonce le
beau temps : s'il est bas et qu'il rase la
terre ou l'eau, c'est un signe de
pluie. Toutes font à peu près leur nid
dans la forme d'un quart de sphère,
ayant une ouverture dans le haut.

L'hirondelle de fenêtre, notre aimable commensale, est très-distinguée
entre les oiseaux par son intelligence
et sa moralité; les idées arrivent à
son cerveau avec une extrême promptitude, et ses organes obéissent de

même aux volontés qu'elles y font naître.

On la voit arrêter court son vol le plus rapide, le couper en tous les sens, à droite, à gauche, en haut, en bas, à l'aspect du moindre insecte qu'elle doit porter à ses petits. Sa tendresse pour eux, et leur reconnaissance, l'amour conjugal, filial, paternel, s'épanchent sans cesse dans leurs nids par une multitude d'expressions affectueuses et douces qui se confondent; tous les membres de la famille éprouvent un sentiment qu'ils ne peuvent contenir, et le manifestent à la fois par un charmant *gazouillage* On entend rarement des *solo*, mais des *duo, trio, quatuor*, autant de parties que d'individus. Tous sont plus empressés de dire: «*Je t'aime, tu es joli, tu es bon; eh! combien je t'aime!*» que d'écouter ce qu'on leur dit.

Cependant lorsqu'il s'agit de rendre service d'une famille à l'autre, la voix qui demande le secours est entendue; celle qui l'accorde et qui le commande est écoutée.

J'ai vu une hirondelle qui s'était malheureusement, et je ne sais comment, pris la pate dans le nœud coulant d'une ficelle, dont l'autre bout tenait à une gouttière du collége des Quatre-Nations. Sa force épuisée, elle pendait et criait au bout de la ficelle, qu'elle relevait quelquefois en voulant s'envoler.

Toutes les hirondelles du vaste bassin entre le pont des Tuileries et le Pont-Neuf, et peut-être de plus loin, s'étaient réunies au nombre de plusieurs milliers. Elles faisaient image, toutes poussant le cri d'alarme et de pitié. Après une assez longue hésitation et un conseil tumultueux, une

d'entre elles inventa un moyen de dé-
livrer leur compagne, le fit com-
prendre aux autres et en commença
l'exécution. — On fit place: toutes
celles qui étaient à portée vinrent à
leur tour, comme à une course
de bague, donner en passant un coup
de bec à la ficelle. Ces coups dirigés
sur le même point, se succédaient de
seconde en seconde et plus promptement encore... — Une demi-heure de
ce travail fut plus que suffisante pour
couper la ficelle, et mettre la captive
en liberté. — Mais la troupe, seulement un peu éclaircie, resta jusqu'à
la nuit, parlant toujours d'une voix
qui n'avait plus d'anxiété, comme se
faisant mutuellement des félicitations
et des récits.

Il est plus que vraisemblable qu'elles
ont long-temps habité des creux de
rochers, avant d'imaginer de se bâtir

des maisons avec de l'argile délayée
et réduite en mortier, d'en créer,
d'en approfondir la science et de la
rendre générale.

On connaît l'habileté à laquelle elles
sont parvenues dans ce genre d'archi-
tecture, et l'on sait, ce qui est bien
plus remarquable, qu'elles respectent
le droit de propriété acquis par cet in-
génieux et pénible travail.

On sait qu'à l'arrivée des hirondelles, chaque ménage reprend le nid
qu'il a construit ou occupé l'année
précédente. Il n'y a que les nids qui
se trouveraient vacans, dont un
nouveau couple puisse prendre possession ; ainsi chacun connaît le domicile et reconnaît la propriété de son
voisin, et il y a police de lois ou de
mœurs pour lui en assurer la jouis-
sance.

Si l'édifice n'a éprouvé que quelques dégradations, les propriétaires le réparent; mais s'il est détruit, ou s'il faut accroître la ville pour la peuplade augmentée, ceux qui n'ont plus, ceux qui n'ont point d'habitation en propre, sont assistés par leurs parens et leurs amis, qui concourent avec zèle à la nouvelle construction.

Batgowski a rapporté un exemple de cet esprit de fraternité et de secours réciproques entre les hirondelles dans leurs malheurs ou contre leurs ennemis.

« Un franc moineau s'était emparé
« d'un nid d'hirondelle et le défendait
« vigoureusement. Les anciens maîtres
« n'ayant pu rentrer dans leur héri-
« tage, invoquèrent leurs confédérés,
« dont la foule et les menaces ne pu-
« rent pas davantage faire déguerpir
« l'usurpateur que, dans la forteresse,
« aucun bec ne pouvait atteindre.

« Tout à coup la manœuvre change,
« l'assaut est suspendu; le siége est
« converti en blocus. Quelques braves
« surveillent l'ouverture, et chacune
« des autres hirondelles, apportant sa
« becquée de mortier, le nid se trouve
« en peu de momens muré comme la
« fatale prison d'Ungolin. Les cris des
« vainqueurs continuent d'intimider
« le reclus et l'empêchent de tenter
« une sortie avant que la consolidation
« du mur l'eût rendue impossible et
« que la privation d'air eût atténué
« ses forces. (1) »

Ce que cette aventure suppose de

_____

(1) *Linneus*, qui ne hasarde pas ses ob-
servations, dit que cet exemple n'est pas
rare; et s'il n'a pas toujours lieu, comme le
remarque monsieur de Mont-Béliard, c'est
une preuve de plus qu'en cela les hirondelles
n'agissent pas par un instinct général, mais

réfléxions, d'union, de subordina-
tion, d'esprit social employé à une
guerre commune, d'énergie dans une
tribu à protéger les droits de propriété
de ses membres, est prodigieux. Rien
ne ressemble davantage à une société
politique, et l'on ne peut s'empêcher
d'en observer aussi beaucoup de traits
dans ce qui concerne leurs voyages.

Quand il faut quitter un pays pour
chercher ailleurs des vols de mous-
tiques et d'autres mouches, les hirondelles se rassemblent sur des points
convenus d'avance, ou déterminés
par l'influence de celles dont les autres
reconnaissent la plus grande capacité.
Après de longs discours qui occupent

---

par le développement des idées de quelques
sociétés mieux unies, ou plus perfectionnées
par quelques individus à qui leur esprit a
donné plus de crédit sur leurs compagnons.

des journées entières, on part, et l'on part en troupe, comme le plus grand nombre des autres oiseaux voyageurs, avec la même discipline: ce qui prouve des conventions, des grades, des magistratures, au moins du genre de ceux des peuples que nous appelons Sauvages, auxquels ils obéissent dans leurs expéditions.

On a dit en Amérique qu'on avait vu une volée d'hirondelles se précipiter dans la rivière d'Hudson, et l'observation paraît assez bien constatée. Il ne faut pas croire sur cela que toute une nation se noie par une délibération générale; encore moins que ces oiseaux puissent passer un hiver sous les eaux d'un fleuve et reparaître au printemps. Si le fait de leur immersion est vrai, ce que l'on doit craindre aussi d'infirmer, les femelles de quelques chefs, accablées de fatigue, et rasant l'eau de trop près, auront plongé, leurs mâles auront voulu les secourir, les voisins aider à ceux-ci, et d'amitié en amitié, de zèle généreux en zèle généreux ou désespéré, le convoi, la peuplade lancée, poussée dans le sens du vol que celui du commandant indique, auront péri.

Cela ne serait point impossible; cela serait très-honorable ; cela ne répugnerait point à leurs nobles et tendres mœurs; ce serait une manœuvre de tactique manquée par l'effet d'un malheur arrivé en tête de la colonne. Nulle marche d'armée n'en est exempte. Mais certainement il n'est pas naturel aux hirondelles de finir leur vie dans l'eau; il leur serait impossible de l'y conserver. C'est donc à un accident accru par le touchant délire d'un grand nombre d'âmes très-sensibles, qu'il faut attribuer la catastrophe dont

quelques habitans de New-Yorck disent avoir été les témoins, s'ils ne se
sont pas trompés.

Ce que je présume ici des infor-
tunes où les hirondelles peuvent être
entraînées par leur sensibilité, par la
bonté de leur cœur, n'est pas hors
de la raison, ni de leur nature. Leurs
amours sont des mariages qu'une tendresse méritée rend indissolubles,
non des fantaisies du moment comme
celles de quelques oiseaux, ni même
des liaisons d'un printemps comme
celles de la plupart des autres.

J'ai marqué d'un petit bout de faveur bleue, à la pate, un ménage
d'hirondelles, et je l'ai vu quatre ans
de suite revenir occuper le même nid;
le bracelet sali, lavé, décoloré, non
détruit. Et quand un des époux
meurt, il est rare que l'autre ne le
suive pas en peu de jours. Le doux

caquetage est cessé; plus de chasse, plus de travail. Un sombre repos, un morne silence, sont les signes de la douleur à laquelle le survivant succombe.

J'en avertis les jeunes gens, d'ailleurs bons et honnêtes, qui s'amusent quelquefois à leur tirer des coups de fusil, parce qu'elles sont difficiles à toucher. Mes amis, tirez des noix en l'air, cela est plus difficile encore, et respectez ces aimables oiseaux; songez que chaque coup qui porte tue deux hirondelles, la dernière par un supplice affreux.

Les hirondelles ne sont pas les seuls oiseaux à qui le Ciel ait accordé les délices qui font naître un si puissant amour; nous voyons les *petites perruches de Guinée*, improprement appelées *moineaux du Brésil*, en donner une pareille preuve. Elles coulent

11*

une vie aussi heureuse que celle des
hirondelles, et la terminent par une
fin aussi désolée ; mais n'étant point
voyageuses, elles ne peuvent avoir
autant d'esprit.

Deux faits bien constatés viennent
confirmer ce que nous avons dit,
qu'un de ces oiseaux ne survit pas à
sa compagne, ou à son époux, et que
les hirondelles sont voyageuses.

« Un observateur du département
« de la Meurthe attacha un fil de
« soie verte à la pate de deux hiron-
« delles qui avaient établi leur ménage
« à sa croisée. L'année suivante, cet
« heureux couple rentra dans son ha-
« bitation. L'observateur retrouva le
« fil de soie, et, sous la queue un pe-
« tit morceau de parchemin bien
« mince, fixé aussi avec de la soie
« rouge. Sur ce parchemin on lisait :
« *I Maltá* ; et au-dessous cette ques-

« tion : *Ubi verè attigit*? Il se pro-
« posait de répondre à l'observateur
« de Malte, ces mots : *Nanci*, 1er
« avril 1808 ; mais un enfant tua la
« femelle d'un coup de pierre, et le
« mâle périt de douleur trois jours
« après. »

« En 1782, M. Larue, curé de St.-
« Julien-St.-Affre, eut le plaisir de voir
« nicher des hirondelles à côté de sa
« croisée à la maison de Saint-Génrald
« (1), appartenant aux Génovéfains
« dont il était membre (aujourd'hui

---

(1) Le clocher de Saint-Gérald était le
rendez-vous ordinaire des hirondelles ; à l'é-
poque de leur départ. Je suis allé pendant
plusieurs années admirer les préparatifs de
ce départ, qui duraient ordinairement trois
ou quatre jours. Il était vraiment curieux de
voir le gazouillement de ces oiseaux. Depuis
que cette église est démolie, je ne sais plus
en quel endroit elles se rassemblent.

« l'hôtel de la Mairie de Limoges). Il
« entoura d'un fil de soie verte une
« jambe de chacun de ces oiseaux. Ils
« revinrent en 1803, dans leur même
« nid. Il renouvela ce fil de soie, et
« y plaça dessous un morceau de par-
« chemin, sur lequel il avait écrit :
« *Limoges*, 1782-3. Pour donner à
« connaître que ces hirondelles étaient
« revenues à deux reprises. Mais,
« M. Larue passa dans une cure près
« Blois, et l'observation en resta là. »

LE REVENANT QUI A PEUR.

LES lumières de notre siècle n'ont encore pu déraciner de l'esprit des
peuples, la terreur des revenans. Allez dans toutes les villes et tous les vil-
lages de l'Europe, et vous entendrez
conter des histoires plus absurdes les
unes que les autres. Tous les habitans
d'une communauté me soutenaient,
l'été dernier, qu'ils avaient vu danser
en l'air leur curé, lorsqu'il conjurait un
de ces esprits qui semait l'alarme dans
toutes les maisons. Ce bon curé était
à la porte de son église, et deux hommes vigoureux le retenaient par les
bras; mais, malgré leurs efforts, le
diable l'enlevait toujours à sept ou

huit pieds de terre, lorsqu'il voulait
jeter de l'eau bénite; il ne se retrou-
vait ferme sur ses pieds qu'après avoir
fait le signe de croix. Il faut avouer
que ce démon-là avait une furieuse
passion pour la danse, et le troupeau
de ce pasteur de bons yeux. Mais voici une anecdote arrivée à un de mes
amis; elle pourrait contribuer à guérir
ceux qui ont encore la bonhomie de
croire aux esprits.

Il voyageait en Flandre. Un jour
il arriva fort tard dans un village écarté où il n'y avait qu'une seule hôtellerie; toutes les chambres étaient prises: il n'en restait qu'une où personne
n'osait jamais loger, parce que, toutes
les nuits, il y revenait un esprit, ce
qui discréditait entièrement la maison.
Mon ami était fatigué; et, comme il
se moquait des esprits, il demanda
cette chambre. L'hôte la lui refusa, lui

représentant que le revenant pourrait lui faire un mauvais parti, èt
peut-être lui tordre le cou. Mon ami
ne put s'empêcher de rire de cette
naïveté. Il insista de manière à ne pas
être refusé davantage, et l'hôte, en
soupirant, fit apprêter cette chambre
terrible. Lorsque mon ami y alla pour
se coucher, toute la maison se mit en
prières et répétait des *requiescat in
pace*, comme s'il eût été déjà mort.

Resté seul dans sa chambre, il se
déshabilla tranquillement, mit ses
pistolets et son épée sous son chevet,
crainte de surprise, et se coucha.
Une heure après, comme il commençait à s'endormir, il est réveillé par
un bruit de chaînes que l'on traînait
près de son lit. Il entr'ouvre doucement le rideau et voit un grand
spectre vêtu de blanc, qui se promenait d'un pas grave, en long et en lar-

ge, remuant de grosses chaînes dont
il était chargé. Mon ami s'aperçut bientôt qu'il n'y avait rien de merveilleux
dans cette aventure ; il ne perdit pas
la tête et résolut de jouer un tour à
monsieur le revenant. Doucement il
tire son drap, le met sur sa tête, se
glisse hors du lit ; et, tandis que le
spectre lui montre le dos, il va sans
bruit derrière lui. Notre revenant qui
ne s'attendait pas à le trouver sur ses
talons, pensa mourir de peur en se
retournant ; il fit un saut ; et, relevant
le drap qui l'enveloppait, il se sauva
comme si tous les diables de l'enfer
l'eussent poursuivi, par une petite
porte de l'alcove à laquelle mon ami
n'avait pas fait attention ; mais il s'em-
barrassa dans ses chaînes, et fit une
chute dont il fut bientôt relevé. Mon
ami ne le poursuivit pas ; il alla se re-
coucher, bien certain qu'on ne revien-

drait plus troubler son sommeil; il
dormit effectivement fort bien jusqu'au lendemain.

Mais le maître de la maison ne put
fermer l'œil; il fut toute la nuit dans
une inquiétude mortelle sur le sort de
ce malheureux étranger qui avait eu
l'entêtement de s'exposer à une perte
certaine, malgré toutes les représentations qu'il lui avait faites. Il alla, tout
tremblant, escorté des gens de sa maison, dès qu'il fut jour, dans la chambre de mon ami, et le trouvèrent ron-
flant à son aise. Ils ne pouvaient revenir de leur surprise, car ils le
croyaient pour le moins étranglé; mon
ami se réveilla à leurs *hélas*, et leur
raconta son aventure. Ce récit chan-
gea la terreur en éclats de rire; et l'on
découvrit, quelque temps après, que
le prétendu revenant n'était autre
qu'un voisin qui voulait acheter à vil

prix la maison qui était fort à sa bien-
séance. Bonnes gens qui croyez aux
esprits, apprenez, par ce que vous venez de lire, qu'ils ne sont pas plus
dangereux que celui-ci.

SUR MLLE DE LUSSAN.

MADEMOISELLE *de Lussan* était fille
d'un cocher et de *la Fleury*, célèbre
diseuse de bonne aventure; elle na-
quit à Paris, sur la fin de l'année 1682.
Comme sa mère faisait un état qui lui
donnait accès dans les plus grandes
maisons, elle fut à même de donner à
sa fille une éducation assez distinguée;
le prince *Thomas*, frère aîné de l'im-
mortel prince *Eugène*, y contribua
beaucoup par ses largesses. C'est ce
qui fit naître le préjugé qu'elle devait
la vie à ce prince, préjugé que son
propre aveu, et les armes de Savoie
qu'elle portait à son cachet, accrédi-
tèrent dans le monde.

Parvenue à l'âge de vingt-cinq ou

vingt-six ans, elle fit connaissance avec le savant *M. Huet*, évêque d'Avranches. Il goûta beaucoup la vivacité et la liberté de son esprit ; et ne se flattant pas d'en faire une mère de l'Eglise, il l'exhorta à composer des romans. L'*Histoire de la Comtesse de Gondès*, 2 vol. in-12, qui fut le premier, justifia le conseil de ce prélat. Il est vrai qu'elle fit la rencontre d'un galant homme, M. *de La Serre*, qui l'aida et se peignit lui-même dans ce roman, sous le nom de *Calemane*. Jusqu'à l'âge de près de cent ans que M. *de La Serre* prolongea sa vie, il fut pour mademoiselle *de Lussan* ce qu'un père respectable est pour la fille la plus tendre. On attribua à l'abbé *de Boismorand*, les *Anecdotes de la Cour de Philippe-Auguste*, 6 vol. in-12. C'est sans contredit le meilleur ouvrage qui ait paru sous le nom de Mademoiselle *de Lussan*. Aux *Anecdotes* succédèrent *les Veillées de Thessalie*, 4 vol. in-12. C'est un recueil de contes agréables. Mademoiselle *de Lussan* a fait plusieurs autres romans oubliés maintenant. On vit aussi paraître sous son nom l'*Histoire de la Vie et du Règne de Charles VI, roi de France*, 8 vol. in-12; et l'*Histoire de la dernière Révolution de Naples*, 4 vol. in-12. Mais ces trois derniers ouvrages sont de M. *Baudot de Jully*, à qui mademoiselle *de Lussan* faisait cent pistoles de pension.

La figure de mademoiselle de Lussan n'annonçait pas les obligations qu'elle avait à l'amour. Elle était louche et brune à l'excès. Quiconque l'eût entendue sans la voir, l'eût prise pour un homme; et quiconque l'eût vue sans qu'elle parlât, l'eût encore prise pour un homme. Sa voix et son air n'appartenaient point à son sexe ; mais elle en avait l'âme ; elle était sensible, compatissante, pleine d'humanité, généreuse, capable de suite dans l'amitié, sujette à la colère, jamais à la haine ; elle eut des faiblesses, mais sa passion principale fut de faire de bonnes actions. Elle était vive, gaie, et malheureusement fort gourmande. Cet excès dans le manger n'a été néanmoins que l'occasion et non la cause de sa perte, qu'on doit attribuer à l'ignorance d'un chirurgien qui lui ordonna le bain parce qu'elle avait trop dîné. Elle était dans l'habitude des indigestions ; mais elle n'était pas dans l'habitude du remède. Elle en mourut le même jour qu'elle le prit, le 31 mai 1758, âgée de soixante-quinze ans.

FIN DU SECOND VOLUME.

TABLE.

———

FIN DE LA TABLE.